春天的琴韵

杨世军 著

长江出版传媒 长江文艺出版社

杨世军

就职于某政府职能部门。

诗歌及其他文学作品散见于国内外报刊及网络平台。

现居湖北。

春天的序歌

季节走着走着就走到了春天。

秋冬脱下的臃肿的装备，春光蓬勃而出。

有时候，在这寂静的夜里，有那么多的欢乐和沉静的影子在心中、笔墨里回荡着、优雅着。岁月似乎是太轻巧了。

我们都生活在尘世间，每个步子也都是十分困苦而艰难的。你想季节孕育了我们最辉煌的青春，我们能不在炽热的阳光下，给季节贡献点什么吗？你想我最爱的人给了我最挚热的情感，我能不把我最真情的言语奉献给她么？这本是生活的色彩，虽然没有七彩虹那样使你抬起头望望那远山中的五光十色，可是我想朋友呵不要太寂寥，将你的箴言铬印在金子上吧，跟我一起翻过山那边，或许会有一片青草地。

那只是很遥远遥远的往事了，现在觉起来，便知失去了很多的苍翠，消瘦了依恋。谁也不会惊诧这一种语言的表白，有时你想莫名其妙的表达感情却发现你的心情无处可依,你告诉我吧！

这世事皆有多少难以沟通之线啊，不明不白的便作记忆，暂时作为瞬间，给未来吗，非也，失去的便失去。得到的便珍惜，将她赠你予我，或许有些余味，但终究脱不了喜悦的干系。

我是个山的子孙，我没有骄傲的资本，一切记忆是亢奋的。那深处熟稔的影印是一只不曾唱熟的牧歌。在许多时候，我总是十分的沉。色彩也是那样的淡。可是我没有理由再去用一支铅笔去画。在净洁的纸上，我应该大步，用深沉的笔去耕耘。

我本来以为我是风节亮人的，不堪于那么的俗。心的寂静抑制得条理分明。可是很多的情潮似海浪般的时时袭来，让人难以静心。故趁玲珑的雨夜来写刷一下，可能会有些收获。我想至少不甚于那么多的惆怅。窗外那无目的淡夜。一切均是涩羞的、朦胧的，显得那么的神秘。只有小雨敲打着那不远不近的思念，悄悄地飞向她的身边。

这本集子的主题显而易见是合唱着爱情的。我不属于情种更不是那厄洛斯所钟情的一类人儿。爱情！这个古老的主题不知是被人唱吟了多少遍。现在，我拾起来有些遥远，也有些新鲜，更有一种沉重感。但是，我是永远不能去舍的。我并且还要将它收集为小集子，每天吟唱。更要我的青春岁月每一步的印象都会尝到新鲜芳香的情味，永远记住青春是属于爱情，永不老去。

曾经，一种假思的梦境使我的思绪澎湃万千。绝对的日子一笔笔地书写那段寂寞。所有的日子在沉默的等待中；纤纤尘尘的步履始终难以遏止；爱！这个精灵，我们会明白。

当然，一个人的经历不会是那么的平坦自然，我深知自己的能力所及。缪斯的风采。我可能只领略了一部分。有言之曰"好自为之"。但，我不愿意让我的笔尖颓废。让一种情愫去抒情吧！相信，自己是会有收获的。

或许，这本集子里可能有些不尽能作为"诗言"，但主要表明我的心境。是一种挚诚的心境。主要是献给我亲爱的妻子，感谢她嫁与我，陪我走过的每一天，只要她读，我是最大的欣慰！本书最后收录了小儿杨丰泽部分作品，请大家批评指正。

感谢为此书付出的各位老师和朋友们！

目 录

青春之恋

汉水之恋

附录：杨丰泽（杨洋）作品

青春之恋

春天的琴韵

我在听

是谁用一弯细月来梳理我的春琴

三月已被我收藏

欢悦和喜庆

静静地穿过石级的冬天

和风在我的阳光里飞扬

真实的火焰丰满了时间的河床

我从远方走来

看我心爱的人弹一首春天的圣歌

我无法弄清

我是热爱春天

还是你智慧下的琴声

厚重的翅膀

如鸟划过平静的心帘

在三月窗口

我的热情绿化成树

所有的鸟都寂静了

只有小草涌起了

春天的琴韵

在家园里

春　天

和风如镜

划过三月的眼帘

嫩绿的杨柳岸

静静地等待着

一起婀娜轻舞

蝶动蜂忙

鸳鸯沙暖

旷野树依

你信手拈下一枝

即成风景

你背影远行

如冬日消弭

所有的承诺

都不及

春天的一场细雨

告　别

回头只有缄默
匆忙的你
绷紧岁月的纤绳
夕阳也变得高低不平
等待一次次的黄昏

苍茫的码头
堆满了心酸
汽笛的几声长鸣
一去不还

此生我只得作岸边的石
等待着纤绳深深的勒印

等你，在风中

等你，在风中
如莲花开在六月的池塘
这样一个雨后
在风吹窗棂的日子，你悄然而来
来临如一只小小蜻蜓
栖息于寂静的夜中

等你，在风中
在长堤杨柳一夜笛声中
渔火燃起，渔歌唱起

隔着的睡眼的状态
永远揣测一次近岸的羞怯
一天你从山中走向山中
在风中我等待着你的歌
一直到天明
你唱了一个很协调的音符
我懂，刹那间的黄昏
你凝结成水
在空气中散发芳清
该是宫中的明月

铃声采伐又一次的情绪

该飞的都飞了

飞向那仙桥的旧时

怕只怕今生误为吴刚

永恒无意义地

伐着一棵相思的树

留不下一点痕迹

等你，一夜无霜

只有无韵的脚步

轻轻地敲打

无韵的声音

我寂寞的灵魂

金钗石

曾经是王母桂冠
云鬓上的饰物
因为爱情
被掷于天河
孤单立于水中

我孤独
然而别人更孤独地看我

石头演化成故事
遗存在天河
为诗构思话题
为爱制造痛苦

小 河

你回首之时
远方，那绿盈的玉带
称为河流
虽然，此时所有的人
都在喧嚣冰的故事

山那边
有个传说也被冻僵了
可是，在你的世界
我的心就是那
永远不结冻的小河

三月的雨

惊悸于三月的风
是谁布置的
这一场清新的雨
这么柔
这么轻
这么的细语声声
每一句都似
一团静水
融化去年的冬冰

月光　曾经
给我披上
一件洁白的寂寞
在一场三月的雨中
我希望化作一滴
消融于你的岁月
生命绿了
生命便如春天
日子绿了
日子便如梦幻
我却不能绿的

在雨中
我会变成
一个漫游的人

谁也去不掉
春的安慰
那一天
我喝了很多的水
却咽下不出
一滴
我钝了自己的天空
穿过细叶的碎步
三月解下了围巾

雨不是冷的
你不会
觉得奇怪

雪 日

一只苍鹰
啄破了穹庐的微笑
季节燃起欢乐的手
满天飘雪的时候
我忆念起你
所有六角晶莹的梦
都是你的笑容
徐徐而来

夕照的下午
所有的融化
都是为了再次塑你

故　事

在一页纸上

书着一个"10"

那"0"　是你温柔的心

"1"　是我的宽脊

现在我们依然在一起

一旦我们分离

我的一切从头开始

你便会失去意义

夏　夜

星空远了
流水不息
你的一张浅照
在夜中清楚明晰
最亮的恒星

夏夜远了
只有小虫的耳鸣
重复着那次
不会散去的清凉

电话旁

我守候着

你的铃声

整个上午

电话也疲了

孤单的

牵一线的热情

无须蜂鸣的孤叫

在电话旁　我

孤单地守了一季

绝 句

所有的开头
已经写好
不再为找不到话题
编一个明天的故事

所有的流水
已经起伏
不再为找不到河床
忧心一个夏日

当日子
不曾来临
我们应该
守护季节
让风去飘你的长发

醉　酒

窗口挽留

昨夜的星辰

没你的日子

春天也没了颜色

眼帘里　有

小虫　灰尘

陈旧的往事

天空忧郁的开花

像每一秒的絮语

我找不到

一个同语者

让冬季的风

冲进屋来

与我共眠

我们同在

一片蓝天下

醉酒

孤　岛

我独立于浪涛
没有鸥鸟或云彩
没有歌声

海底中的暗色
又在漂浮
我的脚也深深地
伸入孤独
就像沙埋住了
一座千年的王宫
或者水底的沟壑
风在评说
只是离我很远
孤单的歌者
像幽州城上的那一滴泪
或水中的草一根

所有的风

你望得很累了
你就把门关上
别人累了
却在你门外徘徊

墙是虔诚的
将印象作手
拒绝所有的风

幸亏　我不是

爱的雨季

细雨如织

恰好是夏季

其实一切还不曾开始

但雨季已经结束

人生就此无可奈何

花是开了

但是　是蝴蝶的甜蜜

你也会相信

苹果能否成熟

本想写一首诗

或几句话给你

雷来了，雨却没来

那天　天空上没云

风　景

其实没有什么

几枝干枯的树

在秋风中

落幕的阳光

被苍山拈起

几只鸟　她想

支撑起黄昏

其实一切

都错了

沙漠　有宁静的夜

那是印象派的画

一切　金黄

单调和困乏

莲

荷绿波清

有夜雨如纱

田田的伞盖

醉了江南的杨柳

月亮升起来了

映影着斜阳的梦

晚风从西北

飘来一片

莲的清香

在心中

我莲子般的妹子

迎风立在黄昏的岸边

眼中有水

一潭银银的碧波

我心中有一节节

白玉的莲藕

和一行行出淤泥的歌

我不是渔者

只想驾驶着小舟

在你温柔的眼波

荡舟采莲

编织一片片给你的日子

荷花飘香的时候

我等待着你

浮出水面

和我一起写一首

简单而有韵味的诗

咫尺天涯

真的　虽然我们近在咫尺
那种梦总难拥你入怀
只有一种沽名的交谈
搁浅的岁月　在残断的寂寞里
长满了惆怅的苔藓
心里总是那样的低沉
真的　我活了二十多年
有时猛一回首　似乎
真好是不曾活过
你仍离我那样远
中间的距离总有一种说不出的感觉

那么的远么
冬来了　用洁白写我的情诗
还是春天般的温暖
我挚深的心里没有别人的脚步
你的思绪里也没一丝杂念
然而我的记忆里
总是那样地说不出

乞

断裂的心弦

难以弹出

清新的曲子

在冬天的拐弯处

拥抱着大地

乞一个绿荫如滴的夏季

你说你不喜爱

那太缠绵的雨

可是　今年干旱

皲裂了温温的唇

两湾迷人的水

也随季节

吝啬的浸湿

我乞者的目光

我不是沙漠来客

你也不是风伯雨师

然而

心里的土地

还是需要你那柔情的

雨季

祈　雨

合上手掌

沐一场春雨

但只有干裂的唇

泣着黄色

这本来就是

无雨季节

虔诚的祷告

等于 0

是的

这不是雨季

但年轮会

无声扯一季风

在天空

眼里荡漾

一汪清水

然后再捞起一个

水沥沥的岁月

那时候

那时候风老了

我们正年轻

零乱的脚步

总是把我们的生活充实

夕阳的承诺

也似一个快乐的音符

把青春的芳香

深深印证

可是　那时候

我们什么也不懂

任凭时光

悄悄溜走

那时候起风了

夜色的呼吸

没有闻着你我

我们似两棵

不可言状的树

静静地随风起舞

我　手指那么想拉着你

可中间隔着

是说不上的距离

那时候　我们真傻

为了爱情　因为羞涩

总喜欢编一个明天的故事

主题也不是

十分新鲜

结构就似两个

无聊人的相聚

想到哪儿就说哪儿

没话总得找三句

你告诉我

我们真正的日子呀

你可别　可别

全部拿走

留些给我吧

让生命真的明白

青春的爱惜

不仅仅　今天

全部的心思

都不会　仅给了时间

那时候

掷

斜阳徘徊一线远天

尽落了满山余晖

清楚觉得失了什么

抖抖绿荫般的身躯

原来是把心

掷给了你

这是一个多么熟稔的动作

如果那时

你还不愿一曲

天涯尽处

把我的全部

当作铁饼　掷

远　方

远方　有一场春雨
飘在岁月的视野
从一种想象
去理解一种语言
我们都会跌落
橙色的边缘

远方　有一阵春风
召唤岁月的始终
让呜咽的耳朵
从夕阳的脚下升起
我们手牵手
一起走向永恒

远方　有永远的承诺
是一百篇的沉默
表达遥远的往事
于是　我爱去远方
眺望未来

有　赠

一线心思

情系给山峦

涉及小溪　感觉

枫叶又红

采集最密集的特征

给你一支心的默语

远行的雁阵　又归来了

选择了你

就不会恐惧路途上

险滩　坚石

及道路上的曲折

是小溪

就会永远无忧地唱着小曲

一往无前地走向海洋

下午的思绪

曾在一个湿润的湖边

领悟月色的朦胧

路边的堤柳

飘拂小亭的潇洒

躁动的水草

踊跃早春的话题

一切都不会有始终的

对岸的目光只能融入水

湿了一片　润了一湖

我在一个接近湖的楼边

听别人的娓娓耳语

单调的思绪　变得善飞

越过高山　涉过江河

重归出发的地方

在一个小城

寻找你黑色长发

让我们

同在一片蓝天下

领略春天的欢愉

心属于你了

情属于你了

属于我的

只是　在远方

一个伟岸的身躯

他的语言说

下午的思绪

永远为你

不要怨言

不要怨言

风吹过三月的树枝

如流水无语东去

就算冲击最陡的　山崖

落叶掩不了

萌发的欲望

叶落最多的地方

来年的春天

鲜花开得最艳

沉默破了

沉默破了
透出生活的微光
穿越风的残境
折射古老的往事
花儿落了
鸟儿开始彷徨
眼光随波浪一起
去远方流浪

沉默破了
你让我到哪里
去寻找语言
如果你走了
你让我到哪儿
去寻找欢笑

月　下

心似一只破冰的船
孤单航在月下

月光　是
一片冷漠的冰山
阻我记忆的航程

你　是　一只春天的小鸟
每每月升之时
便在月中
　巢我的梦

三 月

如诗如画
如你清新的记忆

在一个季节　弯处
我立为一个老者
满白的发　在细雨中
飘你的三月

呵呵　　该是一首赞歌
风唱起时
在三月的天空
你漫行如燕
我化作一雁阵
陪你　在三月

华 年

如何想象
华年从此而去
如次大陆的企鹅
四周苍白　荒冷

再也找不到造句的词
所有纸张写满的
全是昨天的往事

山川相缪
冰雪的细月
来不及梳理
深深的问候
好　就让年华付水吧
而我们的头发
岁月沁一片雪白
作一次仁者
看流水东去

落 月

将酒祭月

哪里的朦胧

悬于苍枝几多

且饮那光的雪

浑黄的秋水

一如东去

东去再不复回

谁能唤回那月

有东阳的素雨

日落的时候

轻舟似梦　在月中

落月的早晨

谁在刻骨铭心

驾一帘清月

漫游于满天的星海

心涨潮了

同天一样高

且就将心作船

去寻海的路

一夜细雨
消碎了几多
有春来的时候
雨季也来
你的身影化为整个春天

画　册

朵朵花瓣　开在
我的笔中
一幅画　柔情
如水悄然如流

而当你终于
无视地走过　朋友
那不是画册
是我挚深的情愫

潜　爱

是问谁能

染指

远山的骄阳

秋风登程了

归帆　孤岛的记忆

相识的心

再敲一下

　　潜入夜晕

今夜

水色的空气

化作深深的承诺

明媚的你

是否　能够

潜入爱的小河呢

捻

将　你的影
捻成一根极细
极细的红线

夜来时　我便
将你的话
捻成一只洁白
洁白的小鸽
无事时　我便
把你放在耳边

读 你

读你
在邮票的窗口
是否如旅途

读你
在岸柳堤长的河边
心儿相握　手相连
凭沉默在水中流连

读你
在夕阳的黄昏
在所有的笔记
漫漫长长的
都是你的名字

回　首

淡色的呼唤

飘浮了

远山里的叹息

一只小鸟　飞过

掠走了春月的心思

乍然相见　看一叶

倦于清闲的绪想

池在一首小诗中

依然回首　你

浅隐的笑容　迷漫着芳香

那时候我们　一会不见

就仿于隔了

万年尘世

拜　献

远去的夕辉

伴着幽的清风

玉蟾的大海上

浸润宇宙的佛事

我坐面石壁

给所虔诚的记影

合十为一

幸福啊！人人向往

希望啊！挂在远方

鲜花啊！可得芬芳

歌声啊！无比嘹亮

可是　我并不需要

在那灵性的坐莲

让天边的彩云

彩织成快乐的轻虹

献上我的爱心

直至永恒

让沙漠在炽热中

消失

让无边的孤独

化作一阵夜风

让路旁的小草

长得茁壮

让大海永不干涸

让山峦更加壮健

让无边的爱意

永远伴你

中　秋

窗纱的新月

在东溪的梦中

露湿了

玉女峰的流泉

从往事中窥视

洒辉在永存的天地

这使我看月

这使我看你

我爱　那夜行的明月

积雪摇动千古的寒枝

月中有你　月下有你

眼中有你　心中有你

牵引飞动的肝肠

饮月　饮你

永恒的中秋

水　手

月　是新镰的船
心　是无边的海
你应是那
驾橹的水手
航行在
我的宽广的心怀

日落如山　眼光
是不灭的檐灯
永结着
期待的光辉

今生　怕要常作
水手
我们一起
去航海

相　思

平衡望月
赠一季清风
宁晓岁月的金樽
莫空愁了相思

落花已冷
却顾乘流的天空
七七架桥的梦萦
在绿叶的葡萄下
纵然逃避
可还是躲不掉
遍地的相思

月光已遁
流水已静
只有静寂的相思
高挂在天空

雨 季

雨

落在沙明的湖心

水鸟飞不过

漂荡的芦苇

夜的耳觉

在芭蕉声中响起

倒作了一回游客

静静地在街尽头

等待着　你

悄然地溅落

于是心化为　羽

于是心化为　雨

有个日子　其实

比雨季更优雅

那就是不老的爱情

凝眸

永远　只有

凝眸中虔意的感谢

那么深深的望月

不会挽起袖舞

然而　我总在怀念

你的每一个笑意

眼光成了美丽的小岛

向海浪弹奏

翩翩的回忆

如果沉醉的一刻

跌在海里

那　我也会

化作一个凝眸

在风浪的海中

陪你

听 筎

流光洗尽了
澈寒的晚风
向夜吹奏
古老的情歌
可是羌笛太远
远在关山暮水
只有这胡筎
从酒中响起

又见天山的积雪
蒹葭的河边
风沙又息
月笼着碧清的心
向七孔吹奏
苍波的飞鸦

月是故乡明
情是恋人的深

对空长叹
相思如夜

高飞在碧云的端点

但愿行暮千里

肠断的夕阳

拨去迷雾万重

丹崖又新又老

天涯尽处

阳关归来的八月

华发如梦　　只有

筇　　静静地

唱着黄昏

企　望

想岁月有多少欢笑

容颜丰艳着夜梦

点点滴滴的星帆

眺盼远去的海燕

倘若　我们是

海边静寂的沙地

夜罩在明媚的洞庭

让风吻着你我

该是如浪一样的欢喜

和谐的轻歌

在耳边无极地唱起

温暖的锦云

让我这个血碎心

染红陪你

季 候

吹不尽的秋风

送来一片捣夜的心情

西江无水

我只能站在

月夜的一片闲地

空唱着雪中的

一剪轻梅

玉关去吧

季候来临

如心情

夜月如灯

照着你作回梦歌

在静中轻轻唱起

季候不会失去

温暖应伴你我

三 月

旧苑的荒台

示娴新春的细柳

那颗小小的心

在高爽的空隙

描绘夕阳的彩云

不是总喜欢去漫游么

菱歌唱不尽

月后的黄昏

枫叶又红

红透山间的小径

这月只有

永恒地怀恋

在我三月的心中

候 你

金水河边

听寻常的往事

粉扑在兰亭的笔中

该有梦中的呼唤

纷纷降落

轻匀着苦吟的秋雨

鸿纹飞动

磬打击着心韵

永远的日子

该有永远的夜

去熨平

那颗伤碎的心

纱窗明媚

铃铛记忆着

你每一次的来临

古　月

古月不照

三月的一场春雨

听流水打击蛙鸣

谷雨芽的新绿

在阳光的田地

从缄默走向沉默

从沉默走向深意

任野花剪断

山茶的细雨

三月不是一场绿吗

有多少英姿在风中悄起

星槎钩钓起浮苴

岁月荒芜了幽远

低吟也是有感情的

风琶的六弦

喧哗春天的早春

半坡如遐迩的你

头顶着三月的春风

从山巅　从水旁

从天庭深处

仙仙而来

我是三月的一粒春雨

呼吸晚霞的芳香

冰层跳动着斜阳

把许多雨前的玉钩

抛进了深谷

风高昂着头

期待月中的往事

无题三叠

暮化消融的月色

笑　早生的华发

无能在空旷的山中

明明如缀的问答

从此　一夜的虫鸣

洗刷了伐木的英姿

失去的总已失去

何必将它

将加以未来的生存

所有的大树都倒了

所有的新绿　又乍然长出

所有的日子

立存此地

丛杂着欢悦

忧愁之树

让它被别人

无意义地砍掉

就是再贵重的名木

我们　也应廉价处理

侠剑

在鞘中长鸣

应是游远方人的

凌凌云志

纳不尽山中的晓风

匣不着岁月

红红的红枫

一切日子

都在虚怀中

一切明媚的梦萦

都为相思做着

悲发忽略了

青春的回忆

在山岬上

散布爱的光辉

反复地吟唱

这道路的坚贞

我也是小路一条

眼波也会沿着

山的直线　伸出

掷巾入山吧

而明晃的夜

已在月宫中响起

在我的小屋中

永远只有一个季节

在积水的梦里
共看一梦山河
浣衣的姑娘
在荷锄声里
走过每日的记忆
笔调优雅流畅

乞沙洲的水
去远方寻找
河边的人

殿月变得沧桑了
从另一个角度
刻画出
呐呐的寒月
等待变成了
远山的黛色
而你　变成了
我目光中
一江风景

情 诗

惊飞的梦

纷纷 冬时的雪

隔着许多日子

我想念你

唯一的头

从一个角度

俯视

理智的门

将绝望推向严冬

我们不要穿得很多

在夜街上

旅行心中的一切

白雪葱葱

如梨花一地

雪　季

雪季来临

秋日散着最后的热

黑色也变得多情

在最严寒的时刻

潇洒地把爱情表白

握着我的手吧

不要一个人

独留一个　空洞

悲伤的天空

你别说　你要走

遗恨

谁来弥补

诉 求

白日　夜
在蛙鸣声中
我独自彳亍着
躲风的地方

目光属于你
永恒的往事
甜蜜的花香
在预感中走动
当春天来临时
炽热在讲述着
我必须活下
并且为你骄傲

那天　你刚刚醒来
我诉求
自己认识自己

过 去

相互道安的小舟
踩过你的脚印
让孤独　成为
流水
在很远很远的海里

如今幸福已经初绽
回忆也如夏的光辉
你朴实的祈望
已从季节的河里
流淌最沉默的语言
让秋意同在
把思念的启迪
开启　我们有归
有袅袅而来的岁月
和青春的哲思

守 夜

晨曦

剪出三月的早晨

岁月的皱纹

望着窗外

茫茫的灯火

守夜多思呵

一夜无眠

让我如何

不想你呢?

是问　却为何

不能作答

在梦中

你飘然来临

表达之时　此刻

只有空中

那寂静的秋月

一月当照

一人独守

空灵的世界

消融的温暖

一夜白发

一夜愁生

望天涯尽头

无火

也无灯

更没有打更的声音

守夜多虑呵

焦急

在空白处　突然

长出

小　屋

谷山空旷

充实了季节的小屋

归宿也是如此

山中的枫叶又红

心震撼着

已睡的静静小屋

小诗已产生爱的轮廓

存在永恒

明知秋蝉已静

却偏去夜静的屋处

在秋风中

等待你的来临

约定　散布的车铃

让祝福在我们走过的小路

变成温情的小屋

镜　子

这一瞥
已深深地印在脑海
我心是镜　你心
又何尝不是

永远属于你
只是这熟娴的身影
纯净的流水
依恋发源的时刻
沙漠苍凉
你不要走去

到我心中来吧
心明如镜
照亮你夕阳的碧空

偷　渡

溪女的新妆
在湖边的小舟
望柔柔如水的月光
云烟　终于作雾
消失永恒的瞬时
你藏身于苇荡里
让我神舍不守

别人的目光
作了游渡的桅船
也不需什么
不如　我一个人
悄悄地
划水过去

秋　天

我们相识的这个季节

充实心中的空隙

我们记住了

岁月的路

心通向秋天

想必我是一个秋客

总是和你的倩影

紧紧地连在一起

秋天已来

八月已来

我们还等待什么呢

这迟到的事

像菊花　一片鲜黄

金色的永恒

馨香了一个秋天的缘分

日　出

从你脸上升起的
我断定会
呼唤我的虔诚

就是要激动的感觉
天长地久的日出
像金色向往
最明亮的日子

这就是永恒
晕红的表白
心内如日的暖情
在山外的疆域里
玉轮作步
到你身边去

重　逢

透明的夏日
一起一伏
旋动的岁月
在快悦中漫行
在灯光下
我多次在梦中
和你重逢

节奏如心律
挥动远去的诺语
承诺因重逢
已长出一片绿荫
你的每个姿势
只有我能读懂

重逢时
长发飘洒

诉　说

在一个静月的夜晚
像编织月色一样
我们在冬季来临前
在月下诉说

迷呵　是无法诠释的
心呵　在远古的风中
澎湃生命的音尘
能憧憬的
都憧憬了
爱情已像卫士
将我们包围

一生能有诉听的人
就心愿已满
可是　有谁能懂呢
　　你

远　恋

呢喃依旧
傍晚的流云
想必已走上
回归的路程
夏音沉默了
召唤着你

红帆已从山顶航来
栈道已成平途
初笛的风暴
迎候着你的名字

习惯于立在地平线上
望远山的群体
在你的眼中
我千万不要关闭

等　待

等待之门　已经开启
重复不会再呻吟

有河滩流水的激动
渴望展示春日的梦

一万种缄默已成过去
让我们学会相互倾诉

把一夜孤独踩碎
我注定奔向你的领地

不要关闭得太久
等待也是一个错误

去寻找永恒的爱情
把忧愁的伤痕抛弃

凝　望

陶醉于

一阵清凉的安慰

从彼岸挽结你

八百里的湖畔

把心中的歌儿唱起

凝望　总是要

极好的视力

让我们用心来

望望自己

美如夜时

夜便携你而来

美如远月

月中的桂树

已开满黄红的小花

香气来兮

夏　夜

浅浅的眼波里

划过你清凉的芳香

日子醉过

团圆了我春天的梦想

你明星般的微笑

在六月香荷里沐浴

清澈　　明亮

梦间　　翘首待望

你如菊藤般的柔臂

展示熟稔的私语

夏夜在泥土里

长生树枝的绿叶

看到我心中的繁跳了吗

望望天上那最亮的星

那是你呀

梦 后

透过红熟的香玲
颤抖眼中相思
足迹珍爱着小路
林荫在风中记忆
金色的爱情
在一个夜晚来临
访一访我
又走进我的梦中

明日是否雨打窗纱
梦后的竹叶
刷洗了青春
攀援植物的回忆
伴着林中的鸟儿
在这个多情的夜后
每每
走入我的梦

赠　人

更怀念明亮的篝火

在黄昏后的土地

燃烧夕阳的花朵

我的青春躺在深草里

荒芜了几季

我寂寞你的青春

也有孤独伴你

时光如流星划过

悲伤永远是孤单的个人

心跳动着你的心

在流水的深处

我爱你的孤独和忧伤

就像我爱每天的早晨

从你心中跳出的每一个节奏

都能触动我的神经

相思熟了　还等什么

雨　天

红红的花瓣

开一季芳菲

这是一个记忆的夏天

缠绵如春日的一夜

轻易不肯说出

岁月的润湿在夏季里

泛着冰色的香气

雨天　偏爱去

苦吟夜读中稍息

等待着你

深深的膜拜

雨日来潮

天空散着你

应　该

走过的路有很多很多
说过的话句句不会说错
真心的日子　从来都是
卷起几片轻云
飘散一阵春雨
夜晚苍老了人生

应该呵　高束起孤寂
去旅行自己的道路
纷纷的暮雪
化作五色的彩虹
幸福一定会常伴

应该　放弃你的固守
跟我一起
走上人生旅途

欢　愁

似滔滔的流水
一半的人生
一半的欢愁

似山中珍重的晓风
吹满满地的夜霜
我们　　终将
在老化的欢愁中
老了人生
老了孤独

欢乐来吧
重温每一片期待
忧愁去吧
放弃忧伤的点滴

窗　外

窗外
轻洒一地月色
月中
满写一宫相思
风儿
悄落一树羞涩
我们
欢乐一片爱情

疑问
最好去了
尺度着
小河的深浅
月色有了
最好安步如故
一路漫行

灯 光

淡淡的轻云
淹没了灯光
我将为你祝福
燃一夜的蜡烛

你的双眼
是夜中
最亮的小灯
我就是　那
扑火的飞蛾

思　念

物换星移
只有思念
永不改变
这是你的情绪
思念的深邃
伸延着清新的珠泪
每当朦胧如灯
念你
日日夜夜

陈旧是陈旧的往事
思念是思念的期待
渴望的梦
又一次入睡
你在梦中翩翩而来

红 豆

南国的相思
变成了红红的小豆
祝愿的心潮
被你乍然采撷

心静似海
有鸟的心情
却无鸟的羽
从南国来
植根在北方
红的如眼波
炫耀自己的目光
从中窥视
你的心思

小 河

流水冲击着

遥远的承诺

心河

悄悄地从你

彩霞般地身旁流过

你是一片森林

任小河的风

柔波的绿水

幻散了

春天的永恒

自　白

再没有
比心更广的情怀
再没有
比眼光更远的距离

再没有
比爱更诚的心意
那是我永恒的
属于你的羞赧
你使我心
失去如水的平静
海浪中
漂泊古老的陈旧
我为之呼喊
这是生命之曲的
自白

山 行

不尽的往事
高山在风中轻语
那林中的啼鸟
梦香了早起的晚霞
山中有雾
雾中有你
而晓天的云片
等我夕月般的沉默
就如流水的烦怨
清晨行在
山花遥远的小径

我醉了躺在山中
让夜晚挥舞
这微弱的青春
霜叶红了
红了山中的一场心思

青　春

撞击河水
屏障涉河而去

冰语何须设问
不是美丽如冰
而花间的惆怅
为你突生一枝
上面有茫茫的尖刺

望河旁的柳林
青春绿了一季一季
困游只是这
夕月的日头
一个人孤单地
度过了青春的河

孤独作了青春的纬帐

礼　物

踉跄的秋风
曲折了山中的虫鸣
从一个高度而来
我处在山里
给你带去一片枫叶

笑一笑上溪的路途
川畔的轻风
清亮了月光
总是有缘由的
赠给你　这
无边的
一颗爱心

初 见

唱千年的杵音
从源头到尽头
在中间的沙洲

洗涤着清凉的小船
我们不是一个
漫游的人　却
在一个雨天
初次相见

潮汐
荡着岁月的承诺
一百次的安慰
在一百次的沉默之后
涨潮了
潮得柔情似水
在我们初次相见后

怀　想

无言相别几回

让河水绕过

黄昏的天空

深长的指手

引吭在你灵魂深处

让我用心去弹奏

这琴弦的音域

让我的夕阳

造出更多的织锦

漫长的夜呵

有漫长的思念

总想给你一份

思　念

故乡在月色中睡去

泱泱了多年的风云

却激不起一丝回音

余香飘泊

伤心的夜火

在夜风中幻灭

倾诉时　你是

那美妙的五音

我计算着潇湘的水竹

迎候你

漫天的彩云

给我以睡眠的权益吧

让夜醒着

让我去梦

感　激

我有勇气兑现自己的诺言
让玫瑰竞相开放

在阳光遍地的时候
我时常将你怀想
什么是思念的夜呵
让我含泪在街头等待
说不出感谢的小桥
即使在羌笛声中
我也要走过阳关
培润我
激动的日子

心亦说了

足　音

春信随风

潮汛的音采

在桅船的足声中

唱飞过的白云

不是仙者

却冷若空灵

孤独的阴雨

询问打破了

浸润　瞬时

你有美好的慰询

听细雨如织

在我窗棂外面

足　　带着心的始终

去呼唤汛舟的行程

足音

每一下敲在心中

有 赠

晶莹习惯于光亮

从飞鸟的口中

脱尽你含笑的泪花

我是山中而来

伴着清月的孤独

枕琴于无韵的采律

桃花的流溪

很远很远的两鬓

纵使岁月失去

我笨拙的生命

会永远打开着

赠送的钟磬

让青春赠你

让生命陪你

给 你

你的丰稔
已忧伤的睡熟
或许　厄洛斯的箭镞
已成为许诺的重金
我是受了爱的点化
心海里只留下
一个明亮的恒星

这是你装扮的角度
夜雨如诗中的每一个字
而那个纯洁的小河
流在忠实的秘密
相信太阳　相信月亮
幸好没让这失望
让许许多多的苦苦思念
化作夜伴着你的呼吸

远　方

省略了

一条如练的彩虹

日和夜

如两个遗忘的欢乐

黄昏在地平线上

安详地飘动

于是　夜起伏不定

肩头沉重起

入云的草色

临风祈祷呵

本来的深情

致那雨后的七色

唤醒记忆

等待希望的升腾

寻　求

一夜萤火

笼罩无帘的天空

寻彩云的脚步

迟归了山林

阳光从流星中射来

真诚愿望

化作攀援的耕耘

蝴蝶粉扑的鲜花

送走了这秋日的晓风

寅寅如月的芸香

戴一对金色的玉环

找　　匆忙的夜

听　　新和的吟

这一切化为

描绘的彩板

在上面画上鲜红的

　　　心

枫　林

缀满雨后的纹路

从蓝色中走出

一年一次的记忆

在秋林的欢笑里

寻万里的飞花

一颗　两颗

数不尽的渴望

为幸福而呼吸

祷告是为了爱情的流萤

得到的却是沉思的心

不会老去

也不愿老去

这爱的象征

雨　夜

灯　　在街上
化作无限的惆怅

夜加速了雨的
颤抖
在群星乱舞的深处
月琴溢着风的扬声
想湿了的空气里
相思如渔火闪烁
要么沉默如水
要么喧哗如雨
千百次的凝视
道出了一个神秘
在这一刻
我们溶音了雨夜

新　月

菱歌的江水

挂帆征程了日月

高咏的枫叶

在霜中清红

今夜怕能登舟望月

流光的窗外

是谁将心思

化作了一弯新月

或者　　谁将

一钩新月

化作了相思

行暮的晚虫

捣尽了春天的梦

白兔的杵

便觉苍波无期

为　谁

寒雁远飞
舞动四周流云
秋双翼的光泽
怨春无语

池苑依旧
春亦无声无息
涉过故园的小河
被爱情俘虏
天知道为谁

没有人能像我
把期待许诺成彩虹
岁月需要更多的安慰
我知道这祷告
　为谁

湖　畔

无烟的柳

轻唱八月秋水

衣襟开阔的夜呵

让南湖的灵气

绣刺在歌中

且借着这水

化作行船的路

自矜的故事

尽绿了一夜渊月

共看如此

把一梦山水

重新安排

今人不见

古时未有

过流动的湖畔

邂 逅

永远承受着
这复杂的雨季

让天空变成无数的飞虫
记忆整个幸福的生命

独守着往事总是哀愁如旧
冬日的冰冷随阳光一起消融

或许有个夜晚打开一扇小门
陪你的又是相遇的凝视

我爱你古典的言语
虔诚流露无垠的痕迹
不要再随意地出走吧
我爱你无雨无风

你又远了

你又远了　　我

站在昨天的窗口

高举着一只手臂

让眼帘里清泪荡漾

印映你的身影

所有的日子

都记忆你的承诺

在我的诗里

变成了很长

很长的一篇

从此以后

在我的季节

无法留住阳光

幽静的夜呵

梦萦不住地拍打

你每次的微笑

和思念的苦涩

我的胸怀　如海

你航行哟

不敢肯定　你是否

会在心港停泊

执着的感情
变成了
圆圆的明月
我不知道
在你以后的行程中
月光能否呼唤
你回忆的情愫
你远了　远方的景
化作每阵细雨
飘进我思念的梦里

明天你将去哪里呢
我的心思　随了你
让夜啊　　化为
一支欢乐的箭
射出我绵绵的泪

相思的日子

耳语着　　那一天的日子

走在三月的雨里

天空似一个

很大的眼帘

透明的声音

在我的身后

把翅膀也

淋湿了

你的温情　也似

一场春天的雨

点点的敲打

我的相思

那一次　　你

说起

我们相逢了

就永不分离

为这一句话

我坚守了几个季节

现在　　　我

望着你的背影

和九月的天空

思念里

布满忧郁

及相思的目光

几个季节过了

雨天停止

相思的日子

长了很大的

一片绿荫

也　许

一直到今天
我才明白
你忧郁的时候
我是你的倾听者
那把伞在灰色的雨中
萎缩了喜悦
你的欢笑
有如一只小鸟
雨天里　也不会
待在巢中

温情的雨
使我难以行走
也许　　经过
一场雨淋
才会弄懂
爱情　也是
一阵感冒之后
才能热起来

孤　独

将自己装入
一只很暗的屋里
那支烛也点不燃
在九月底的雨中
听雨敲打
窗外的芭蕉声

寂静如呼吸
看不清谁是谁
整色的空气
变成了一个
穿黑衣服的泼妇
在诉说
街头上的
尾尾小事

寂寞又一次
展开了羽翅
那双黑眼
似两点鬼火
烧在身前

几年前的孤独
也长大了
在我的周围
开始了恐怖战

其实　　我
无法走出这间
小屋　　户外
雨亦很大
一个人也
没有　　这是
一个火都冻得
跺脚的日子

赠

听见了吗　　太阳
已不相信谎言
虔诚也
撒下一轮光环
当所有的结局
还不曾写好　请你
记我　　　西边的
地平线上　　还有
一个东望的心

翻开夕阳的记忆
却又忽略了
怎样一个黄昏
古老又新鲜的日子
来临呵　　年轻的你
使我无法追萦
而你的浅淡的音容
极浓极浓了
渐渐隐入
我永远跳跃的心里
尽管所有的日子

不复立存

尽管所有的依恋

付之流水

亲爱的呵

忍着涌出的泪

读一读

那不曾付梓的

青春相思

回　忆

望着你细雨霏霏的夜晚

使我想起你

柔情如波的目光

窗外的寂静抑不住

心律激昂的澎湃

在昨日　在今天

在很远以后的时刻

我的岁月必将

把你的名字写满

秋来了　枝上的依恋

也不会凋谢

也许很久以后

你才明白

虔诚的孤守

该是多么的艰难

月亮缺了又下着小雨

我的思念走不出去

只能在一炽灯下

泛起回忆的波澜

想起你的从前

多少熟稔的动作

我禁不住两行清泪缠绵

酒只是杯中之物

只有你才使我心醉

梦也悠悠不断

道不尽多少的话语

一次次地

似河水奔涌而来

夜是睡着的

心儿不眠

低呼你的名字

一遍一遍

夜凄凄

依着相思的梦

旧时的景还如旧时

只是那花好月圆已过

把很久以前

无意中写的字说的话

如今重新读一次

梦也如旧

文字都变得干枯

声音又仿佛如你

在耳边轻轻回荡

企 及

揣测声音的形式

感叹灵性的流雨拍打的声响

如三月的燕阵

渺茫了耳语

水借着微弱的夜光

在喧哗

举着一面风旗

去探索明天

多情的星空

企求一段柔的恋情

遥远的月光如波

然而　　我却

舀不出一滴来

填进我的诗里

夜在制造声音

布着黑色的帷幕上

月在作画

将稀疏的倩影

描在昨日的

一张很薄的纸中
风景太淡了
这是东方的山水画
苗条的线
如同苗条的姑娘
诱着夜灯的眼波

夕阳流不尽
黄昏的川畔
汛舟更不能
将怨情捎走
越来越暗的夜
是越来越眠的征兆
但是　　　鸡鸣
肯定不是一句话
她却能叫亮天
在早起的语言里
寻找昨夜的声音

细雨已注
蛙鸣清淡了
夏天的记忆
很多的夜晚
我都在拿着一支笔
描你

却描出的是黑颜色

没能凑成一整幅

挂在墙上

石头是难以企及的诗

山才是自己

在一个很陈旧的思绪

只要你肯坐化

我愿变为石头

陪你

留下空白太多

也许是个憾事

哪怕只写一个字

也会变成

跳跃的心

位　置

如同距离不可逾越

诗作起来

也很困难

有时你找不到

一个恰当的词

来形容美好

只得撑着头

仰望窗外的夜空

星星与月亮

太阳与岁月

便都无可比拟

有多少思念的心思

在一条长木凳上

找错了位置

那是一个很巧的

挑起如风的姿势

是多么的可怕

是谁制造的静夜

白日呢

三月（组诗）

停止吧

你得静下来

躺在银灰的河边

但千万不要

化为一个流星

去生命的天空

毫无目的地运动

就这样躺着

在银河系里

化作一个恒久的期盼

在梦中寻找出

她的月亮般的身影

沿着光的轨迹

僵化失意

把冬日甩得很远

让春天的三月

上演百回

谁也不会觉得枯燥

很多的人

没有生长翅膀

那些长羽的家伙

挣脱不了

风的拥抱

笑的残语

世界因人而美丽

世界因人而孤寂

而更多的是

静也是一种暗示

上帝的话语轻轻来临

既然相逢又分别

而幽远的橄榄枝

使想象

遗落　停止吧

也是聪明人的脚步

这倒是真的

夜一般孤单的回忆

扯不直田野的风

所有的日子

开始流动时

那一个很绿的树

突然枯死

在极地的根部

找不到一片落叶

泪化作轻枝

伸向深沉的土里

小虫吞吐着

自己成熟的秋天

也许我太可笑了

自己并不是

一棵树

在广大的田野

不能发绿

梦是夜的兄弟

在灯光下

同夜一起独语

我同梦结拜

海誓山盟

不愿孤守着太阳

在梦里能遇着

很多熟稔的人

多少年来

收集的许多落叶

这本身就是

一个悲伤的动作

呵　　　上帝呵

为何秋天

总是失落自己

今天才明白

风后的三月

也是怨凄

三月的夜

太遥远了

我站在对角线的

另一端点

放飞着一个冬的呓语

肯定

只要有冬季充足的积蓄

三月才能

出落得别致美丽

你不能回头

笑声固然可爱

巧小也让人玲珑三分

月光是起伏的剑

三月的夜
不需要对视

细雨如丝
飘洒起春的话题
这春日的月光
也是冷的
凝结很久以前的
草地上的幽静
我不会感叹
呵　三月的夜
永远唱不出
一首丰收的歌

上帝的三月

三月是上帝的手

泛起绿风的身影

在远山　在田野

在树上　在风中

涂满一个个快乐的音符

在柳枝上攀附

绿叶便会唱一曲

柳笛翠润的歌

在远山中稍息

石头也会发出

膨胀的欲望

在田野上

像一个艺术的山水画家

素描着屋内的

十八女子

呵　　三月

上帝的三月

是从绿潭里走出来的

你绿了别人的窗户

甚至去年秋天

放倒的枯树

就连那冷漠

也能开出笑的花朵

在我的心里

吹进了大的种子

似蒲公英一样

爬满心的角落

梦境

有无数个渴望

还在生长

夜躺在床上

翻来覆去

想昨天的心思

你从远道走来

毕竟走了很多的路

所以懂得艰辛

小虫的叫声如织

那网上的清新如画

这样能涉足

那春的领域

在梦中

有一千个冬天永存

抹不去的白雪和冷雨

灯光也是暗的

融合了夜

星光打破了

叮哨的黎明

浪漫随雾一起

让优美和潇洒

一起来吧

冬雪也是一景

看窗处寒梅独放

笑舒展在每一骨朵

回荡如梦

我想轻轻地

我想轻轻地

走入你的梦中

使着羽的步伐

让脚尖轻勾

你的温情的心

那地方虽小

可在岁暮气寒时刻

想春日的客屋

也能住进多少

从冬走过来的人

我并不是
像梦一样遥远
在梦中去梦
很不是滋味
别人醒了
你还在梦
如此的夜
落成了好多的梦呓
明日别人会笑的
看这个多情的人
在白天还在做梦

期待是梦的精魄
夜原是她的影子
在时间中
无法实现的
只好等待晚上
这灯火很孤独
我不曾点燃
夜的翅膀
展起来了
我想轻轻地
伏在身后

等待明日

一个初潮的花

开放阳光

夜　外

不知是不是窗外的小雨

阳光关不住

时间的窗棂

在夜的外面

湖泊在同

月亮比美

虽是绿了些

静了些

缺少了一种

伐木声

微语

也许难以使人

撩心

但愿白昼的日头

不会作一个

匆忙的过客

如此的幽静

竟然又听见

静的声音

惆怅

来得原来如此容易

在白的黄的后面

星辰也只会

点亮一颗两颗

如树上

即熟的青果

我看不见

天空的承诺

一夜尽瘦了

几年的依恋

风儿也病

我真怕

阳光也坚持不住

不知是不是

你的身影

或者窗外的小雨

让夜在笑着

不肯去睡

流行的

飘向天空的
不再是洗濯
鸟儿的轻翅
余晕也禁不住
换上了淡绿色
野马
如草原上的狂风
追着苍穹的目光
那儿
山也流行起来
扯掉了绿的面具

无人涉足的
就是神秘

在你体会的时候
夜还是昨日的夜
当空泛的岁月
撑起一支竿
路还是一条

其实　一切如旧

早晨的阳光

一

昨夜的小屋
总是空旷
独自一人
打开收音机
在听明日的
天气预报
所有的日子
在雨中
浸泡了几十天
透涨的眼睛
挣开
柔情的湖泊
岁月里
挤兑了很多的泪

所有的日子
在淋雨
所有的日子

都希望

能有一个阳光明媚的明天

打开收音机

听着对天气的判决

二

窗户也会抒情

捏着光的毫笔

在一帘布上

写画着

早起的鸡鸣

外面出现了

空白许多

不知是一面眼镜

反映的月光

还是冬日的雾迹

来临

太阳远了

又近了

绿的旺季已过

早上的梦

也是白色

在朦胧的外面

心中的太阳

已彤红地升起

雨天躲不开

唠叨的话语

似云彩

布满夜的天空

黑的眼

白的仁

还有那紫红的眼睛

从丛中

飞出白色鸟

白天如梦

早晨的阳光

已出来了　醒

三

夜雨洗净了天空

阳光的季节

从高处泻下来

每一棵树上爬满

辉煌的欲望

希望忧愁的枝叶

在瞬间枯死

不会倾诉如雨

去滴落伤心的往事

岁月用精血

滋润生命

有时　我

是多么的可悲呵

在明媚的阳光下

独自一人

早起却在

一间风很大的小屋

做不成什么

窗上的栅栏

似不是设防

而将我变成了

一个困兽在地上

漫无目的走着

用一种祭祀

也不能

安慰我昨夜

受伤的心

四

早晨的阳光

我即承认

你无穷的欢悦

然而更多的愁衷

不甘心沉默

来化作云儿

遮挡你的视线

来化作风

抹去你永恒的身影

早晨的太阳

不也如黄昏么

彤红　落暮

我书不成的

在一片阴影的后面

风布满残局

七颗缺一

达不到完美

那有名无名的花

悄然开放

秋冬的忧郁

早晨和黄昏一样

都因忧愁

而出名

夕阳也好

早起的太阳

一个回光返照式的挣扎

五

往事纷纭

作了一首小曲

在喧哗中吹着

痛苦因为

丰盈的雨季

积水太多

幸福也如痛苦

在阳光下呻吟

让阳光如刀锋吧

只有痛苦的剖析

切出忧伤的瘤

记忆才不会痛苦

沿着你血色的味道

将一种语言

高高束起

命运如一只火鸟

焚烧中诞生

更新的生命

你只有遗恨

因为只有最初的恋情

能让你明白

爱与不爱

都是负担

六

阳光拨响

昨夜的琴弦

唱了很多

也哭了很多

用泪唱出的歌

才有感情

但　　不能似河流

你的青春

是一条破船

航不了多远

便会下沉

真的　我

不是一个天才的预言者

今生你一定

要忧伤地渡过

虽然阳光布满

那终究

是一种假释

你笑不出

更多的欢悦

诉　别

在一片零乱的记忆中
我找寻着去年的
一个故事
鸟飞去了
折叠的语音
似一场积云雨般
来得容易
也去得容易
然而我们
都无法逃脱
明年某日的
一场秋雨

阳光
肆意地
从一根烟上
雾升而来
潇洒因失误
而痛哭
颤抖的小船
已经靠岸

思绪点不燃

照明的桅灯

恋你的情意

如梦一样

在水中

翻卷成

你在春日的

一个承诺

相逢纵然无语

相别何须归去

手挥动着书页

在每一章回里

默记着你的足迹

想那一次　　雨后

你我

散满各自的角落

诉说呵

该如水的

就交付给小河

该如梦的

就带回夜中

中　秋

风送中秋
别是滋味在心头
镜中谁将姮娥留
可怜岁月悄然东流

天外天
根系何由
皓月当空酒能问
几时有
苍穹宫里逐玉兔
琼楼欲坠
柔寸沙洲
纵然蟾蜍能降尘
殷勤了　悠悠

闲愁莫倚楼
一行雁阵
半点深秋

暗 香

宵绕天辽

鄂渚独行舟

潮退潮超

渡川回首

赠诗与君慕音韶

玄霜捣尽方见

佳期久

汉南远遥

云姚

何处是

琼液点滴浇

玉杵臼捣

或寻何朝

翠衾帷帐书女娇

曾为霓裳仙舞

寻裴航

鉴镜云霄

容　我

容我

如你沉默的月光

把我的身影

看得稔熟

不会忘却

容我

如你快乐的灯光

在我的夜里

点燃一句句

构思的话语

容我

如你全部的岁月

在我的人生

布满记忆的

去微笑生活

容我

如你一样

搅和

回　首

一如你的天空

布着彩云

在苦恋的岁月

构思万家灯火

栅栏处

蓦然的影子

如满天的星

时现时落

在你的星座

月光便是一切

月便是孤独

或许　一夜之间

天长得很大

回首依在

你却无法

变成一个实在的风

去吹落眼泪的雨

原来火是你的兄弟

给你点燃

每日每夜

春暖花开为你而来

凭风掠过我的鬓角

半头的白发

满山的苍翠

相互映衬

一根根都是故事

和岁月的沉淀

拾取一个石子

抛向远处的水塘

激动了春天的涟漪

期待着一场春雨

或者是一阵暖阳

泥泞的脚步

沿山脊而行

身后一串串走过的青春

总有那么一两个人

让你牵挂

春暖花开为你而来

雨 季

天空中

一滴滴如梦的柔情

突然 都化成细雨

飘洒而来

一滴飘在你的脸上

两朵彩云便

羞涩的绽放

我想这一滴雨

一定是来自心中

一滴飘在你的发际

却被流落

我想这一滴

一定是一个失意的笔误

雨季里

思念也很丰富

一个中指

弹不响

阳光的琴键

阵雨

在户外叫着

沸腾的烟雾

自你眼中吐出

满屋的空白

是干枯　无语的

一碗平静的水

渐远的燕

已经云落了

很早时的雨季

山色时空蒙的衬托

在那个雨季

对你说了很多

对你写了很多

无怨无悔

一

总是一场夜风
将所有的语言
都搅翻了
一张昨日的忘却之网
框住了我的记忆
云彩更低了
回忆的日子
像被水洗过
清晰如梦
将从前的你
从箱子里拿出来看
呵　我真心爱过
便无怨无悔

蔚蓝是颜色的启示
总在猜想
明年的春天我该如何
或者应该做些什么

忽略了冬天的沉睡

雨没有来

雪下了一季

很久以前都已凝结

海中再也汹涌不起

岁月的堤防

空守了一季

望望这远去的燕阵

也许更远了

而我却一步未动

破碎一个后悔的外壳

声音散了一地

听说时间也不是永恒

失去了也不会回来的

二

我喜爱宽广的大海

水在红日的目光下

野性的灵气

荡涤古老的梦

该如夜的往日啊

随浪一起

漂泊了几年的时间

承诺起秋日

冬的足迹没有远旅

像早起的轻鸟

闲情便驮回

黎明的清香

躺在夜的继续里

我不明白窗外

别人在唠叨什么

手是心的旗语

把住生活的方向

写有时比说更容易

想到了很多的词

在一张白纸上

书成爱情

今生只要有我所爱

我便甘心作石

在山外经风历雨

三

举着遥远的回忆

启示阳光

渺茫的柔和

在草地上

洒下一路轻辉

声音悠扬的耳朵

在畔边竖起

很多的美丽

于是　听觉便觉爱人

在宁静中

留下芬芳

一夜无话

不是说不出来

既然心空着

不好腾出来晾晒

装上秋天的成熟

及火热的愿望

真情的意念

似梦

紧贴着夜

好恨人啊

相思的日子

已经发霉了

却找不到

阳光明媚的天气

给她了太多的泪

雨日变得更多了

湿了往事

四

冷和冷不一样

像你的眼睛

点射稔熟

更多的影子

像三月

走过一片茶地

将绿和暖色

开放到

心的深处

季节也是很长的

四个经历了两季

亲爱的啊

把握住

生活的秋天和春吧

夏季和冬

只是一个陪衬

模仿变得

毫无意义

我的思念

变成了

不安的夜色

在你每日每时

快速跳跃

五

咀吐着体内的余味

像太阳

描起树的背影

将绿作成一幅画

让雨水

去牵挂依恋的情绪

也许　春天的细眉

长得更粗了

眼光变成了

几根黑色的柱

看不了多远

既然相爱

就不应该多想

让四季变化

她永远脱不掉

春夏秋冬的

一阵春风

一片绿荫

一个成熟

一场冬雪

六

心的长河

混浊了许多

没有船来

我空撑了一季船杆

被别人当作了封面

变成了雕塑

我听见了

心律的声音

如山泉

似流水

像彩玫瑰的红云

惊悸于

去年的一个姿势

心打开又关闭

或许　更优雅

你像一片云

使我捉摸不透

七

回首往事
沉入你的记忆中
我会变得
沉默和幻想

粗糙的岁月
磨炼着
清晰的雨季
那时
我真后悔
人生的尽头
在开始时
还不曾说起
躺在地平线上
我好微小
没有人
能记忆

八

总觉得

没达到

你的高度

汉水之恋

心向何处

风已解释了
很难懂的正文
雪意很浓的冬日
已经打好行装
我早春的思念
该给谁呢

日子仍在水流
它不会
因你忧愁而
停止诉说
心的季节
仍然似冬
你用十二个太阳
也无法解冻
心没有落处

那么就用手
挖一个小坑吧
将心埋在那里

等待着

谁的春天

织 雨

雨幽静的

似一根根织线

一点一滴

天空如一架布机

她拿着一个络具

一次一次地

络雨为丝

织了很久

她仍不觉累

她用爱情

织成了几根冰丝

于是　雨里有许多的爱

在风中结成丝冰

这就给他吧

你可以作为冰纨

永恒是日子的全部

然后　她化作一阵风

在丝雨中漫行

她用心

将雨天用想象

系在一起

拧成一件

会发光的衣服

披在

一个诗人的心中

雨静下来了

发光的不是你自己

而是她送给你的

一件用雨丝织成的冰

你也会织雨吗？

像传说中

那个仙女

不，雨天太沉

我想你的

一丝阳光作扇

拿在手中

摇曳忧愁的话语

漂向小河

如激流水

留恋（组诗）

枫树

经历了无数次的痛苦

经历了秋冬

最悲壮的死亡

然而　这都不算什么

你在痛苦中更虔诚

向季节

向所有的人

献出了更红的恋情

清晨的早露

那不是眼泪

在黄昏的地平线

在湖泊的

视野中

予了金色的幻想

最感人的话

也是最难说的话

不知对你说了什么

都失落了
爱是永恒的气象

无论在眼泪中
无论在忧愁里
或者化作惆怅、寂寞
但　爱的诺言
永不会枯绝

或者会年轻许多
或者是如老树
现在的年轻人
都装作老练的样子
穿着很沉色的中山服
背着双手去训人
我们那时候
一支歌能唱许多遍
也不想让歌词老去
枝叶长出青色的故事
枝叶长出红色的心思
以生命终于爱情

尽管，冬天来临

夕阳

默默地　我
带着一颗金色的梦
走向你
夕阳如火
燃起爱情的音波
我是一个孤独的人
默默地
在你的目光中
漫步

生活呵
有时候就如夕暮
手中的叹息
摔也摔不掉
只好用远山
来衬托寂寞
让墨色的眉
描得更深一些
或许　你感知不到
燃烧的快乐

风雨无知

泳

游在人间

会感戏水的困苦

你终于不是小鱼

不能轻松愉快

第一个浪

将童年推入低谷

再一次浪

又把青春拉入失意

第三次浪呵

其实　你不会再忆起

汹涌的中年

也是如梦一样

照不亮很远

水里没有太阳

人生是无可奈何的
你用力搏击
也只不过一滴很小的海水

留

慢慢地

我将离开你

有如风化为太阳的背影

把枝头留给阳光

因为我太累

对你说了一季

诉了一季

增加了一些章节

却失落了一个故事

我不知道

为什么要离你远去

记忆仓促

不会再次地长出青绿

就让远山更远吧

把一抹彩霞

硬拉进你的目光

那肯定不会

再是五彩的

那夜的雨意

或许　永远找不着了

那夜的恋情

也许　已搭上了汛舟

让思念的泪痕

化为水

一潭如镜的

永远不再激起

半点涟漪

恋

一场小雨

又使我想起

江南的三月

苦涩的依恋

在一场雨中

也被淋湿

这时节　雨天

比阳光丰富

就算东边的日出

西边的细雨

多少往事呵

已成回忆

正是江南三月的景

我们相逢却在

花落的时刻

一把花伞下

再也挤不进两个人

索性多一个你

待在了别人的檐下
然而　也躲避不了
空中很大的风雨
地上的积水
同时也在脸上命名
我的天空
也同时转晴为阴

相逢永远没有佳期

无目的

作为小河
我既喧哗了誓言
也在湿的河床
努力奋斗
你明白的
雨天不需承诺
说来就来
纵然相逢好泪
痴情
永远没有诉说
而你却在
一场泪的雨中
哭诉着

失落

该如梦多好啊
一切变得美丽
该如阳光多好啊
一切都
好温暖

汉水之恋

岸边

拾起一颗微小的石子

忘记不了

曾经的浪潮

洗涤过我的身躯

江中的水流

好似寺里的钟声

滴滴敲打岸的记忆

该如光的沙滩

堆积了很多色彩的期盼

于是　石头和我

在风光的岸

深深地懂得了

什么是凝望和等待

这山近了

海水把风光

挤成了长条状

一个贝姑娘翩翩起舞时

岸边的沙和土
忘不了造船下水时
瞬间的激动

江鸥飞啊
竖起了空间的桅杆
哨子响起了三月
一群小孩子
脚步一样的戏水岸边

没有人能知道
痛苦忍耐的磨炼
每一次洪水的来临
便使我饱受
苦涩的淹没
日子随浪的渣
一次次的远航又搁浅
记住我吧
当你在江边
采集一江水的灵气的时候

数不清记忆中
有多少失魂落魄的心思
每一次看到远来的船
我的情绪便化作了

扬起风的伟帆
到那远方去
找海的岸

抓住一根小草

山水发源了憧憬
在我最初的诺言中
你是一株常青的小草

太阳圈起云的步伐
把起伏的光波
一片朗朗的月下
时间再一次地开花
那扇门悄然地开了
我无法容忍孤独的侵袭
江水的味随风进来了
我居住的小屋
把你也带进
一首小诗里

我不知如何是好
那一天你走后
我的心恋涨了大水
佳期变成了一个无依的

在漂泊中

虔守着古老的岁月

即使有一条小舢板过来

你知道的　在水中

那也是生命的源头

但是我错过了

因为那不是你

我只想抓住

那根似你的小草

一千次的流浪

得记忆的呵

只会有几次

岁月不也是空旷么

幸福是水里的沙

等那苦咸的水干

才能露面

我也如一根草

漂泊你的记忆

越过空间

把一支笔抽象成河流

于是，手便作山

在一片无可奈何的源头

情系　你的话

写你的寂寞和孤独

空间是沉默般的实在

没你的时刻

那里面是充满的叹息

忘了一个嘹亮的名字

梅花开了一季一季

越过空间

把你化作我

把我写成你

当惆怅如空洞之声

在远天回荡

港湾的构思

已驶出孤单的小船

遥远的诗人哟

沉思成一张纸

于是便相约

在每一次梦里

黄昏朦胧

构思出一个

清晰的你

我无法站起来

眺望

远处的障碍

一条河

从你没日没夜中流来

流过心中的荒漠

把我的心

冲化成一个沙子

于是　梦

便在你的胸中

虔诚地落下来

其他的

都化成一个善飞的

往事

无法寓意

而你却

明年的某一个日子

会有鸟儿飞来

于是牵挂理由

独自徘徊

曾记得

你把我苦恋的岁月

涂满缠绵

裁成季风的想象

绕着一路疾叫着

你没有寂寞的条件

要雄伟　你跨越脚步

要表白　你喧哗

要柔情你便成了

江南三月一场小雨

我无法同你抗衡

也许过多的语言

便是谎言

我的一个很久以后的梦

也不会破壳而出

将太阳点燃

如烟的往事熄灭了

瞬间举着一支烛

闪烁微光

我们同时相遇

却都忘了带

开启那扇神秘之门的钥匙

于是　那扇门

锈得很死

猜你给我的许诺

江风无数次地

把微笑吹走

头发零乱了

打不起精神

在一篇神话里

你变成了一片彩云

飘着失误的信笺

混沌

当你满怀希望

跨越栅栏的时候

我们分手了

分别在一次八月的雨中

天气好冷啊

欢笑也冻得发颤

蜷曲了身体

总不觉得

八月是暖的吗?

我再也提不起

三月前的一个动作

心中是一团火

却无法解冻你的冰

在远处的视线里

别人的季节

已穿起了背心

春天也长成了青年

蓬勃地

想象一个又一次的浓荫

风雨过后

苍翠微出　可是

你的春日我解释不出

在一本集子里

翻遍了所有的章节

找不到夏天

那么我只好默默地

捎给你几句话语

黄昏期待着

夕阳的复出

在一百次的启示以后

追忆遂化成小鸟

山的那一边

伫立成梦的形象

不能移动

告诉我吧

应该怎样呼喊

也许人生的苍愁

从此老去

一叶小舟也不能驶

要那水波作何呢

从遥远的希望

到近日的故事

美丽于是

作为一滴苦涩的泪

慢慢地

融于你的领域

水变清了

泪如黄昏

声音的诺言

春风终于吹着

梦于是遗落了

其实　在你的声音里

我只不过一个符号

你

成了你我的距离

下午　你说你的日期

在我的手中

在另一个世界

我没有找着自己

偶尔地

去听一只蚊的细语

尽管你的背影浮出

并且把眼光涂得模糊

其实　有时

你错过了

一次次的播种时节

我无法再找出画笔

像花一样地

开出鲜红

风光僵化了

缄默变得

比你更有意义

那一日　我给了你

很多的问候

可是　你呢

将那美好

失落

让我如何说呢

回想起你的形象

似一个谜

没有人能猜出

目光也穿不透

那个空间

诺言变钝了

连水也算不上

让别人拥有的拥有

承诺变得

当你再一次

锈成语言

笔的声响

会抹得一点不留

你无法拒绝地

站在春的边缘

问答空旷

汉水之恋

我的今生

永远走不出你的视线

含着一片山里的期望

如船一路号子

睫毛深深勒紧

岁月的脊筋中

你从山中走来

如我一样

把山的灵感

和富足捎给了

无际的平原

苍山

瘦得如一个

病中的儿童

你总不觉得吗

心里的脚步

化成了许多的翅膀

从你的臂肩沉重的飞

大海是你全部岁月

却幻不出一个花色的梦

于是　水便站起来

在一张波纹的纸上

书写柔情

书写谁也不懂的情诗

曾经　为了每天苦恼的回忆

一次一次的风

扯起最初的佳期

山沉默了

锁不住你的心

似船流动着明天

我无法如似彩虹

然后　将美丽给你

躺在你的梦里

撑一把细花的小伞

月光变得似水

流过每个人的身边

你的海

你的海

是否

以我命名

以浪趋舟

赶追昨日的翅膀

很多年了　月下

一片挚热的月光

变得好似

一个宽大的海

我们的船

是否

能如轻帆

在海上的你

以虔诚描述

这梦一样的
海歌

你会平静如水吗
不再掀起
十二级风暴
岁月的船
只因
翻了一次
便害怕
那滔如流言的
风声

我虽不
如海鸟
翔飞于你的海面
哪怕我
变成月光
去山边
望望你
海里也会
生长出很多的故事

你真的如海么
我怕迷失自己

真的,我不想停止

你会永远爱我吗
会如雨永远
在岁月的户外
敲打我的窗叶吗
真的　我甘
似脚步
永远不停地
在你身边走着

枫叶
青了红了
一季季的成熟
当初
我爱如一首小诗
在夜的记忆
爬满一张纸上
很小的格子
但是如露的梦呵
飘落着一次次的你
我无法拧住岁月
日子全部变成你
及你的名字

当我青涩的时候

小鸟耳语说

山的那一边

有一枝很小巧的花

等你去采集

那时　我如我呵

把握不住方向

走了很多的路

不知道

该走向哪里

真的　我总在想

我是一个

被海风海水

浸不到的山石

在春绿的怀中

我听了

很多很多的故事

但是　你便如水

让我不止地流动

苦涩的泪

每时都经过

我的脸庞

我真不该

给你讲

冰纨的往事

那时的雨

那时的山

那时的梦

那时的一切

还如那时

而我们将会

天涯一方

路永在走着

真的

我不想停止

雨的日子

你很远了

阳光也不住哭声

淋下很细的雨

我不敢走出屋外

在雨中

去旅行

固然岁月的雨季

是在夜的时候

来轻声地打击

我的门　可是

你的充满

温情的日子

不也有时如

一场秋天的雨吗

望着因雨而

形成的千条小河

我不知该怎样表白

心中的忧愁

细雨来临

漂泊我的往事

很多人都

无话可说

泪有时也

不明不白地发源

淋了一季

飘了一季

歌声也因雨水太多

而唱不起

记得总是

一切如梦的时候

雨天很近了
一切都
离我很远
除开泪雨

声　音

总是温柔如话
说不出的寂寞

总是绽放如花
开着一首首
鲜艳的诗句
但是　你能
冲破失意的迷雾吗
我却不能
说着更多的话
其实　原本
应该沉默
给她让出
一席之地

总是沉默如夜
在梦中去诉
苦情的恋意

感情的森林

很多的人砍了很多
面对那片
曾经茂密的森林
风总是挤在那里
催走别人
爱的领域
再大
也只想容纳
一两个人

我是一片沙地
永远长不出
苍翠的绿树
我看　我只要
有一棵树
今生就够了
爱的躯干
便会
长出很多的枝丫
变成茂密
变成许多的你

但是　主题
却永远
只有你一个
别人
走不进去
那棵树
并能长得很大
永不凋落

你走进去了
就无法
走出

眼中的海

海便是泪
一滴很小的水滴
便能让你
因失落
而变成一条很大的河
荡涤小船
眼睛却无缘无故地
随海水涨落

小海鸥
从外飞来
生命倚着记忆的堤岸
心是灯光
在漂流的道中
你是桅灯
充满着想象的方向
在我的
眼是海
永远发源着
命运的苦涩
眼中的海

也有天大

能容纳

内心的痛苦

泪便是火山

从孤独的高度

迸发

浑浊的需求

而你

本身便是栅栏

永远　不到

海的尽头

眼中的海

继续接受海水

真的无题吗

雨水涨了很久
那段阳光的季节
也长了很久
却始终
照不亮以前的心思
在雨天
思念真的无题吗

一滴细雨
生长一个童话
让夜去撩拨
不安的记忆
欣赏画的角度
乍然回首
却不知对你
应该说些什么

就这样
无聊地倾听
窗外的雨声
口哨吹起了黄昏

那一片心思

很难坐下来

泛起

新的构思

都如你时刻如初

你不是李商隐

不会带来

他无题的诗意

在我的笔中

歌词你总会

听懂

最初的诺言

已经长大

潇洒了夕阳

雨日

太阳便是构思

空　隙

扯熄那只灯

拉亮这只

在这瞬间

一刹那

时间变默了

看不清

声音里的音符

灯光

原来也会寂寞

没有人对话时

就黑如夜

沉默着

在恪守着

初始的诺言

从遥远到近前

海不是雨

空隙也是内容

天空不会空着

全部让云写满

路　途

结成了之字形

把脚步

抛得很远

在这道路的目光中

去看一个小女孩

撑一把小花伞

听一听

声响如梦

织着回忆

那远去的景

清晰了许多

也朦胧了许多

话只说了一句

而后变成了

长长的一篇

欣赏原只是

眼的工作

心化作静

情在路途

如车

向前挪动着

一处一处

日子也许

不断地更新

只有这样

生活才会大笑

遗落在

每一个路途

邂 逅

眼光很亮

乍然相逢

两条光的轨迹

交在一起

同时惊诧

感叹出

许多的往事

你看着我

仿佛我们

是两个世纪的人

我看着你

似乎我们

应该说的话很多

其实　邂逅的时候

我们一句话

也没说

目光流不动

只是默记

珍重的姿势

时间也很远了

望着夕阳

彼 岸

行程已定

却又忽略了

古老的开始

你像一盘

很滋味的残局

只有深思

才能解得

四十年前的

一场风雨

风儿轻轻悄语

化为同等的速度

海那边有山

海这边有岸

白天你的眺望

夜晚你的梦幻

都拧作

许多人的心思

呼唤如泪

如海的水

千种语言

也不能表白
彼岸的沉默

苦涩的是泪
苦涩的是海
你常在海边走
你常在泪中游
那有你不湿
思念的道理
你也变得苦涩
立在岸边

遥远的

你是不是浪上的花儿
是不是从那
很远的海中走来
你是不是颠簸路上
一粒巧小的石子
在黄土的怀中
期待着成熟

初稿已经写好
过程的念头
也会开始的
苍茫的山水
绿了许多
我对你
今生只有等待
等待一场
很富意义的戏

如果每一次的
去信都不曾回音
如果每一回的

话都不曾答案
那么
飞了很远的燕儿
会明白的
青春不会
作更多的语言

想必你的天空
候不得光明
翅膀的季节
会变得一文不值
在你初时
我不会作鸟
去飞去巢
你的不会答案的夜梦

春 冬

是的　我们

该分手了

分手在春冬

交接的地方

分手后

你是春天

富裕了自己

也会感染别人

我是冬日

沉默便是我的意义

雪飘

原不是我的心情

握手相别

挥手而去

很多的时光

都流失了

季节依旧

注释古老的回忆

同时觉得我们

那时真那个了

说了很多的话
却一句也解释不出
每一言都化作了谜
等我们
以后无聊时
再去猜

该分手了
这冬天的冰雪
我怕这一夜
会变得苍老
发丝会发白
冬天种下的思念
在春日
永不会发芽了
多么的愁伤
多么的忧凄
冬天等待容易
春天不也一样多吗

另一种回忆

点燃昨日的暮烟

吸收梦的滋味

吹飘荡着

回忆的姿势

啊童年

啊青年

还有青年时

相遇的她

三月很鲜的

思绪飞过

你只不过我回忆时

一个痛苦的怀念

目光望不了多远

便会落在一支鲜艳的

心的诺语

说出了

一段很长很长的话

回忆

不也很苍白吗

找不到一个影子

找不到一个

促膝谈心的人

采集原也是为了失落

一颗种子

发不了芽嫩

阳光都变得沉重

肩卸下了

早晨的负荷

回忆叹了一口气

呵

一种梦

帆

有一杆
就知足了
风张起
远去的目光
荡起河流
帆
是船的眼睛
和脚步
顺着河
流动着静止的港

肩头沉重吗
凝结了
许多人的祝福
知觉的树
招蜂引蝶
再现不出
花的情趣

风光一生
也不是幸福

经风历雨

失落于永恒

美并不是

都需要高度

失意也很深刻

我以为你是坚强的

却未料到

一经遇雨

你便低头认错

承认了

很久以前

你的动作

原来是个失误

归　期

莫需问

归期的行程

雨天

在夜的梦中

涨了一池

该是叶红时

便是归期

在你的窗外

何时才能

共烛呢

剪帐的背影

描了一季一季

话也

说了一句一句

在耳畔

远方的歌

叫得如谜

归期的声音

渐渐近了

问鸟吗

鸟儿叽叫着

当　归

对呀　漂泊远方的人

时刻都是

回归的时候

脚步

漫浸过岁月的堤

归期忧伤如此

归期欢悦如彼

不肯老去的

是青春

而不是梦

听回归的路程

伸出脚

回来哟

西窗何当共剪呢

雨 夜

夜里

独自在灯光下

走过每天的桥

等待在另一头

维系平静的夜雨

在心中

看不见岁月的秋

收获的欲望

永不会静止

夜雨

显示出

那些不善言的话

户外的空气

敲门而来

设防的雨季

决堤了

下了一夜

那芭蕉的音容

从滴落中

传来

雨不再是水
而变成一个光明的启示

白日走了
带着许多忧郁
那里竟是充满
忧伤和孤独
听不见雨夜
打击响乐的声音
期待如初
没有了星星
遐思的梦
也开始细雨如霏
飘洒
一次冬的雨夜

并不是每一夜
都需柔情
并不是每一级
都要写满
而字刚被造出

无韵之歌

始终如梦

封积那句不该说的话

心思如风似浪

一刻也不想

拖延下去

我的黄昏

被省略了

孤单的夜

在无韵地唱着

谁在听呢

只有窗外的鼠音

秋随叶落去

我每天

在勾画明日

日子如水

流得很远

听不见

池塘的蛙鸣

很多都悄悄静了

一支春天的歌

歌总是音

蚊的足迹

清楚自己

而我的每一片

似云的韵律

绿染了一个

不爱听的耳畔

精雕的岁月

却因过细而

粉尘太多

唱了一首

却没人听懂

歌是无韵的

一杯淡水

空　白

天空飘着光带

留不了多少空隙

看远处的期待

如早晨的花

突然醒来

那些白的

不是阳光　而是

一场秋天的雨

需要许多柔润

去装饰自己

一片大草地也枯了

鸟儿都归巢了

冰冷的视线

和风一起

在同树的黄叶

沙沙作响

也许　有

一种

在沉默中

断　想

每种方式

都是生活

快乐啊

忧愁

都是一种

滋味

北方的歌

你会静坐着

听我清唱吗

北方的歌

全部化作风

荡着四周

紧张的身影

不会松弛

昨日返落的音符

失去了太多

收获的

都是一个角度

梦也是一季

去看别人的脸

忧愁如无花果

不知是开出花

还是没有结果

风声很冷

你想听吗

那是季节的风

歌声是暖色的

看一看哟

你会觉得

耳聪目明

用一个中指去弹

朦胧的空气

长出一只蝴蝶

飞去了

北方花很少

歌却很多

忽视了远方

想去远方看看

面对北方来的歌声

我张着

呼吸音乐

然后　北方

一起唱

一支未唱完的歌

秋日的梦萦

又使我想起以前的回忆

黄昏即逝的时候

我在远处望着你的身影

那时　天是淡的

小河流动着

只有我们的心是静止

任你的目光

轻软地在我的脸上

于是　岁月如水

流去了多少欢乐啊

可是你　曾经的潮头

如今失落了往事

收获的时候

你却走了

我们曾醉过的地方

空出了很大的缝隙

春天来了

却长着枯黄的野草

心的恋情

再也涨不起一点

记忆渴望成远方的

承诺真想变一只海鸟

陪你

飞着爱的痴情

也曾使自己变成一个孤石

那扇门对别人开放

把空的涂满眼睛

任日子写满

谁也弄不懂的忘却

于是　望着三月的燕阵

又仿佛你的

只有舞动起双手

期盼你的身影

我怯懦的想家啊

掠起栖息的永恒

泪一串串流下来

打着手势远去

岁月还是如水

我却无船

独自走过一条

很短的小道

眺望着

去年的一颗心

还枝挂在那地方

跳跃着

很久以前

……

往事如旧

永不

失去

回忆也是痛苦

小城故事

那边也有颗夕阳
你记得吗？
在一个小屋内
一只燃燃的炽灯
像黄昏被夕阳点燃
像夜行人的眼

在黄昏下
一个倦容的诗人
独自踽行
落叶叠住了目光
小鸟的巢梦
和我的记忆一样
寂寞地走入夜中

忧郁是一片原色
在每一个
有绿叶的地方
生长　那日
一个小姑娘
打着一把细长的小伞

伞上只有红黄

缺少绿色

也就少了忧郁

于是　她的天空

同霞　一样

飘洋在

我八月的天空

小城很小

故事很多

玲珑的

一个心中

装不下许多

任故事在小城

飘动

九月的一天

在一条补丁的小巷
我穿着一件衬衣
独行在夜晚

街道上已经流行风色
很多的人
躲进了夏天
用很厚的夹衣裹着
匆忙地赶回屋住
团圆暖的春梦
我什么也没有
一个人
在九月天走着

总觉
有一个希望
在前面挂着
走过了那条小路
树上挂着的
是去年秋天的一滴泪
多么的清寒而贫乏啊

在秋风中
许多的人
都退缩了
风儿
也在讥讽
看一个傻子
现在　没有人
再需要
你这种虔诚

心于是失落了
在九月的一天

回　忆

在你的三月
有我永恒的记忆
春天的梦萦
摇曳着期盼的目光
依稀是你的笑语
为春的铃铛
婀娜如柳枝飘拂
飘着你不肯失落的身影
在我的思绪里波浪

总希望在时间中
把你挽留
然后　我们一起
漫步夕阳　可是
你却走了
我的路途　于是
锈得铁死
黄昏也变得
黯然无光

乡旅（组诗）

乡中

脚步成路
随山的高度爬行
在一个农家小屋
我稍息了
汗浸的身体

阳光
身体温暖
静默在游荡着
可是　你听得见吗
这里很静
听得见风与星光
轻轻耳语
甚至很深很深的土里
小虫的鸣叫声
听得见明日和今天
悄声对话
听得见蟋蟀妈妈

慢慢的眠曲

听得见心中的花儿

悄声无息地开放

听得见太阳的脚步

踏遍我的每个细胞

这里很静　一个小孩

却不开心

使劲地叫了一声

空旷给了他

一个回音

啊　山那边

有人吗……

夜宿板桥

怎么会呢

你眼帘如水

在一双草鞋的上面

我的脚　走过了

你的千山万水

夜晚　总会有苦衷的

日子变成了

遥远处　一只

燃着炊烟的小灯

也是一样的夜色

在她的梦中

变得好似彩忆

在我的记忆里

你却好似月光

一片冰冷

闪烁啊

板桥夜的银灰

霜色染满了

东来西去的路

而路边的一棵小草

去听汉水的演讲

河水涨得

同天一样高

渲染柔情

她不知道　还有一个

男孩子守着

那片天

数数星星

把她数成了

最亮的那颗

望凝远处

心知道她在

制造冰纨

而板桥一夜

霜色全失

听书

一个白须老人　在

讲久远的往事

灯光如目光

直照着

那段历史

发黄的时间

抑不住飞的想象

把一只虫

也讲入了

那一日

雨很大　湿了书中

块块方字

于是　夜灯起舞

在书中跳着四步

啊　遥远的啊

一页书写不完

念你的思绪

在很多的章节中间

有一个

很好的开头

结尾

却是很孤单

如一个老人

在灯下

诉说

很久以前

帘火

空困乏了

点亮黑色的尾部

只会觉得

太小了

照不亮心中的

一块小地方

帘火如笼

罩着夜的眼睛

是山是水

全在梦中作画

却　写出

一个熟稔的影子

将我惊起

披着衣开门

啊　一夜风

啊　一夜帘火

在闪耀如星

冲不断的依恋

遥远处

声音仿佛

在我的心中

你沉默如初

秋日里

你走了

在冬天　依恋

又发出了几粒嫩芽

你的笑语

如三月的春风

而我的心中的记忆

却在你的季节

荒芜了几年的时间

今日　在你的昭示下

才泛出绿意

可是　夕阳如梦

描不出你的身影

就这样

你

离开了我

离开我

悲凄从此

肆意地

在我心里

生长

也许

从此以后

我们

天各一方

也许　以后

你的音容

使我们朦胧

但　这真谛的话语

依然在耳边

静静飘荡

燕子走了

也有回时

你走了

却永无归期

夏日的思绪

许多的绿

变成了你的发丝

忘却之潮

涨起来了

可　总有一线之地

淹不着的地方

站在时间的山尖

眺望

你的名字

和那遥远的

小城

心向何方

依恋

不分彼此

忘却之水再大

中不断

依恋的旧事

致 你

又渡过了

一场

三月的细雨

阳光　能

果如你所说吗

会将你

今后的岁月

全部涂满吗

晶莹的惊鸿

竟然

分不清

一个圆的

或方的

在夜色的

手指上

那条感情线

出现了

最好的形式

半途

却横出一根

截断了

感情的

最初诺言

显然

我们的日子

不会长久了

模糊了风景

在一个梦处

我将幻成

一片小叶

和一粒石子

当山中的风

在荒野上

如幽灵而来时

呵 我啊

将冻得

瑟瑟颤抖

在爱的领域

每一条语言

每一种故事

但是 昨夜的微光

永恒地

渗进了　迷蒙

或许你今生

找不到

一条可走的路

但愿我们

同时

在陆地

并立成　两棵

生机盎然的树

眼睛里

全部映你

月是无可奈何的

也因我们

清辉之上

原来还有

一遍冰凌

说了很多

写了很多

全部冻僵

那不是太阳

悄声无息的你呀
像一片
铜圆的古镜
在你身上
我可以看到自己的优疵
但　你不是太阳
你从来没有
放射出温暖

在一条飘雨的路上
天空有一个红点
既冷又有幻觉的天气吗
那个红点不似你吗
既下着小雨
又给人以悬望

我们的恋情啊
有似古人写的
东边日出西边
却在无目的地飘雨

预　言

我知你一定
是从那片雪飘飞
古老的国度而来
晶莹的步伐
总是如雪花一样
漂亮潇洒

我知道你一定
是来自梦的领域
似乎的身影
总像夜一样
迷人

但是　我不知
你是不是秋天的雨
我不知
你是不是从
一个诗人的小品中走出
我想你是会
将温暖的故事
布满每一个如树的枝头

我明知

我会暗淡了许多

可是　去告诉你的朋友

只要我心向太阳

细雨的季节

能算什么

去吧　我的预言

如年轻的我

如爱情的我

如痴诚的我

封锁不住

一阵阵阳光的手

从窗外伸了进来

一种想象

苍凉的雨天

把我的梦

淋湿了

那种岁月

如雨中

一叶小舟

载着你和我的影子

远了　可

亲爱的　你也

会织雨吗

秋的雨丝

令人想象

在一张织耕图上

把你看成

很久时候

一个拿络具的姑娘

雨中的每一根雨

似那织纺的线

用缠绵和柔情

织就而成

那冰还会冷吗

没有人能记得
你的姿势
我打开了
所有的门户
迎你
忧伤只不过
一阵惊讶
有的结局
均已写好

想象　并非都美好
只有空旷的拥挤者
在寂寞中
落下云的情绪
一种相思
来临啊
一种构思
又谢幕了
几句情话
已被说瘦

你没有决定
是否走　或者

留下来陪我

时间太久了

分不出风和雨

泪也隐含着

一触即发

思考　也许

是一种错觉

不如说说

或出去走走

吟几句

靠得住的诗

二十四年后的梦

已经开始

三十还

不曾来潮

童年　是

一种想象

画不圆

一个太阳

疲倦的眼光

挑起夜的重担
去追赶太阳
眼光　原是无意识的
只因充满阳光
才变得有希望

我是一个善于
夜灯的人
用纸伴我
遥远的很近
在一本书里
翻开页数
看不清里面的字和人

白日碎了
夜晚醉了
找不到一个
可依的地址
风在大街上
流浪

望着你

好似走了

很远的路

前面

还有很远

我觉得累

不想再走下去

明知

那个春天

失去了

看着如丝的冬日

我失落了

一杯蜜酿的酒

天空飘着

醉人的味

但是苦的

就让平凡的声音

去创造平凡啊

就让目光

无望的话

说一句吧

山那边

没有水　让

眼光作河

流着疲倦

何必孤独

呼唤感觉

如梦的感觉

泪轻悄地

融入孤独的湖泊

欢悦

正在落日与夜色之间

互相传递

远去的风

吹哑了

岁月的嗓音

啊　吹着明天

夜在创造灯火

你又何必

去困守孤独

一定是

昨夜贪玩去了

窗外

在摇曳着

冬枝无望的肩头
说吧
一枝秋天凋零的
红红的枫叶

黄昏
失去了血色
夕阳　似
雪一样

痛苦如梦
勾画相思
孤独容易
相思容易
在雪地上
却　找不到
落脚的地方

月光依在
星　也亮了
披上衣
走
我们出门去
何必在这里
何必孤独

朦胧片刻

天已经暖和起来
对着你的冬日
飘雪的天空
也布满遥远的
六角星星
梦已开始
布置一个
春天的童话

日子既短既长呵
而几十年后
你还能在
记起我吗

曾经　在一条路上
我们同时相遇
话说了很多
冰也开始生火了
季节里
三个都失去
只有春天　依在

山开始朦胧

朦胧成

一块很平坦的地

我们走起来

一点儿

也不觉劳累

永恒

变成了片刻

在你我的身上

爬满痕迹

如痴的面孔

忧愁也是

因你

片刻太长啊

朦胧

在等待中

描了一百回

燕子来了

心似朦胧

说不清

花儿竟开了没有

你离我远去

思念

打了个旋涡

飘淡了往事

月如冬

八月如雪

被别人剪成了

一个粗劣的景

掷在地上

也许

生就而成

朦胧的时候

夜似朦胧

朦胧似我

爱情是

属于片刻

重　逢

相逢的时候

雨

很大了

在雨中

我看不清

你分别后

又相逢的背影

雨轻淡了脸庞

日子是雨

还是

阳光初照

明媚如午时

握手相别

如今　我们

对握手相逢

片刻的欢悦

也失去

相逢在几年后的

一场雨中

我不知

对你该说什么

只好让

雨飘着

化作一帘

隔着你我

伞只不过

一个很悲欢的

话题

黑色而陈旧

我　再也

没有勇气

打着伞

和你共着

这地上

都已淋过

找不到

一块春天

雨继续飘着

我们啊

原只是

短暂的相逢

你走后

我的心

的确

忧伤了几季

雨的日子

对我来说

已不算什么

不尽冬日的水

记得

一片心

更有重量

现在　你

已无法托起

重逢吧

又分别

再不会

停　的

我们　肯定

不会

再走在一起

你去吧

或者　我离开

这个地方

再也难以

回归

雨

继续下着

并且很大

重逢原来

也喜欢忧伤

选择了雨天

重逢

伴着惆怅

一起

别握手

欢乐已失

惊讶

也随雨了

也许

我们　再

重逢的时候

漠不相识

饮　酒

只是这
昔日的往事
酿造而成
空着双手
我　无法
拿好酒杯
去饮
那无边的往事

昔日
封闭久了
便会发霉
太阳
无法再张开伞
那就永远
晾晒不干
湿了的
过去

人是
一个无可奈何的

既然　你

喜欢陈酿

我劝你　还是

少饮为妙

因为　回忆

太痛苦

如我一样

酒　是杯中之物

而我有时

却很贪杯

喝了许多

过去的忧恨

想吐

也吐不出来

闷在心里

滋味

很难受

谁的夜

敲门

是谁的手指

这么苍凉的声音

原来是风

这是谁的夜啊

声音故意出声

回荡在

一个很复杂的夜晚

月亮　更

不能明如铜镜

想必　月中

在下着大雪

一夜无话

任静　在远处

如鸟　无目的地飞

寂寞　孤独如我啊

欢笑

是谁的夜

在深处

回响

为谁忧伤如此

将那逝去的

付如流水

人其实

还不如雨夜

滴落美丽

谁的夜

敲着　这

淡淡的哀愁

在冬月的

夜晚

心不再

为她跳跃

雨的季节

极虔诚地

将阳光

布在小城的天空

可是　一阵风来了

把乌云的身影

遮在辉煌的眼帘

你的季节

又变天了

空中开始飘雨

站在

另一个山尖

眺望迷失了

遥远的依恋

而对着

满目的雨丝

心里　也开始

忧愁起来

呵　这秋天的雨

为何不晚些来呢

现在　我的日子

本就似刚从

水中捞出

还没晾干

可是　你

却又在下雨了

呵　原来

你不管我们的心思

想来就来呀

忽然　我明白了许多

爱情

不正是如自然的气象么

夜深的时候

声音也稍息了

只是　窗外

偶尔的狗叫

加上你这

凄冷的雨声

夜更孤独

和悲凉了

我打开小灯

点燃　我

回忆的往事

泪　止不住

如空中的天气

一切都来得不容易啊

落叶深深的忆念里

还有一滴去年

不曾失落的一滴

今秋的雨啊

给我带来

困苦的寂寞

雨中也不能

随便出去走走

只能待在屋里

听雨打击

夜的声音

虽然　习惯了

拥梦而睡

可是　如今

梦也失去

被雨淋湿

爱　是来得

勉强　的

无奈

我只好作水

让柔情和失意

一起来吧

我不会哭的

就算有泪

那也只不过

受你的引诱

隔着玻璃

看雨而成

这个冬天

像一条小河

一直通到海里

半是清澈

半是苦涩

孤单躲不了很久

这雨季也很长

太阳也在流泪

分手的时候

雨夜悄然地来了

一切都需重复

风的影子

反映的就是雨

为我为你

无须告别

也许
我们的告别
同别人的一样
重复以前
喝一点咖啡
也许单调
那么　我们
就无须告别

你走吧
我的心也是
这样说的
夏天里的珍重
已随了
秋的落叶
跌在一条河里
也许
人生就是
一场很短的筵席
而　爱情
相识之类

便是一场游戏

你不必对我说什么

其实　相逢的时候

就注定了

我们会分手的

那时　我只不过

做做样子

给别人看

那么　我们的戏

就到此终止吧

不必再说珍重

带去各自

应该带走的

无须仪式

无须告别

邂 逅

在一条小道上
我们
乍然相遇
失措的举止
两个人的心
突然相撞
没有撞出火花
心却被撞伤

你伤的是心
我也一样
虽然
互相道了歉
但是
总愈合不了
那道被撞的伤口

有 赠

你将你的
涂成颜色
然而　我的心里
就会变成无色体

爱情　总是经历
一次苦难后
才知爱的滋味
你的爱呵
我历经后
再翻出来
如同嚼蜡

是问　谁有
曾经的那种虔诚
生命都不要了
去追求一次真诚的
可是　绿叶终究
要落的
太阳也会消失

星光一样会亮

你出不出来

写给相思

1

当昨日已经乘车远去
明日暂时不会来临
那么我们就在夜中
作一个钓鱼的老者
一心一意地引出早晨

2

曾经相思的日子
如手掌中的纹线
在一块很小的地方
将线布满

3

我深居孤独
而倍感相思
我深居相思
却倍感寂寞

4

窗外的风
是你的脚步吗
而夜便是你的眼
描扫着很多的人

5

青春如火
却冶炼不出
成熟的相思
而僵化成一个失落的模式

6

你呵　应该明白
万事成双
不要似旷古的风
无目的地漂泊

在我的心中
有一百个你的日子
都随了流水

无极之夜

长了一分
却短了一寸
这样的夜呵
我的想象
禁不住延伸
可是　夜是没有尽头的
而朦胧
便是终止

一支古老的歌
在灯下乱飞
是听了绿色的森林
还是受了林妖的诱惑
或者　音符是在
酒里浸泡过
我在你身边
听你耳语
如痴如醉

昨天的夜里
黑色中

风儿来说了很多的话

一个厚重的屋子

待不住我的

念人的情绪

假若你成为鸟啊

我想你也不应该

在夜空中漫飞

那样　翅膀

是很容易受伤的

虽然　也是无极

在飘零的花下

月儿也红

是燃料不足

禁果更幽更深

用一千张嘴

我也不敢偷食

没有你的恩准

或山或水或人的路啊

在你的目光中

是受了冬雪的感动

门外有惊悸

从远处而来

我打开了那扇

却冲进了无数的冷风

好冷啊

夜冻得生了病

一盆很大的火

并且睡入了被中

然而，灯光却醒着

是我不敢睡去

在想着诗的心思

透过远处的疏影

太淡了我的夜

找不到同语的话者

用一支笔支撑着

生怕夜从空中

降下来

塌伤我自己

在某个指间

你仍是一首

很好的诗

岁月如冰

那毕竟是柔情所致

想得太多

就会失去太多

美丽终会失落

你提不取

三月的一场细雨

更说不出

一阵九月的风

跨越冬天

跨越无数个

栅栏的锁链

散乱的言语

因沉默而喻义

今生有你

我就算活够了

在孤独中

我陷入你的泥潭

原不该怨谁

你以来自风的国度

将小城布满

脸的姿势

以一千种方式

去画你也描不尽

是淡了的和浓了的

夜和黑色

无极的　原本是

心思和恋情

而并不是夜

你是夕阳的后尘

回顾昨天

尘埃的影子

如阳光

将你的梦

深深地烫伤

我依然地

走出峡谷裂带

却永远走不出

你的一段往事

你回首吧

我还在你的身后

手执一只白色的鸟

等待着

早晨

谁用剪剪开这

无极的夜

祈 求

河水如织的
流过心的旷野
雨天的心
总是在想河边
会竖起太阳的桅杆

但是　你会点缀吗
这敲打芭蕉的车响
听冷盘里
几条小鱼在跳跃如冰
凝结从前
将你结　永恒
风挂在枝头
等待春天

我会老去的
随诉求和悲哀一起
你也不会平静如水
在夜的日子里
声音总在催促
畔边的小草

快长吧　生长出一只小虫

昨日以信的形式出现

时间一刻也没停过

虽表坏了

而　那尾鱼

还在游动　挑逗

水的目光

祈求裸露水底之沙

一切都觉新鲜

一切都觉苦涩

水干枯了

遥远的一个往事

夜他作浆液

在一只杯里

液出

染黑了我

祈求没劲

躺着　睡下

原来　都

没意思

星闪了一下

消失了

无　须

苍茫天涯
悬河心律
雨露了天空
把目光扯直
直至潜入地屋

微笑吧　微笑
会记起很早的一个秋日
我们相识了
并非天生　全都是
为了爱我们相聚
人生有时也找个异性
系上一个假的相思

失误很轻
摇不动一片月光
夜涤空而来
你涤空而来
一起同我
在户外
看看星星　说

你　那儿

又亮了一颗

哟　你瞧

那儿也亮了一颗

呵　亮的不是真星

却原来是

一对傻傻的自己

你望我笑了

我望你笑了

我们认错了两个人

笑容从这边

舒展　声音静止

去铺陈旧

重逢原来是一个重复

一切安排得

不太得体

一切原是失误

我们

不该相遇

你 的

因为总在想你
所以总喜欢
待在夜里和梦里
你使我
增了很多的梦
白日也一样的
我已到了
忘却自己的境地

因为总希望你的到来
所以我总是开着大门
冬日是很冷的
空气冻成了零度
你却没有来
我加了一件衣服
冬天结了一层冰

你的我的
全都会消失
正如一只灯泡

你不扯它

它就不会亮的

梦 萦

昨日的风
早已熄灭了
相思的烟瘾
所有的日子
都已变得冰冷
想重新燃起
却很困难

夜是难熬的
虽然　在梦中
忆念打着旋涡
你的船
不能驶走
只好拿着一支
很小的杆
在风的昭示下
旅行困苦
艰辛的道路

空泛一切
天似朦胧

情绪的影子

可能离不开

一两个梦

神秘的启示

将　所有的想象

展示出来

真　哉　假邪

全看你那天

泪的意思

枕边有两条河

一条是河梦

腮的泉　流水

疾步沙漠

然而　绿的季节

终究淌不尽

最后一滴

琥珀已成

到了冬月

带给你的回忆

也许重温旧事

心已破碎

只能跳一下两下

再也没有

初时的兴奋

时过境迁
把你那时的目光
现在
来比一比
你自己也会觉得
两条多么不融合的
反义词呵

月亮因失血过多
而苍白
眼中的世界
梦的熟稔
好似困惑
真的呵
远方的
捡起去年的话
但不要再说
你刷擦干净
压在箱底
把梦也一样
晒干　然后
躲开

写　给

必须习惯
一种欢悦的姿势
生活的逻辑
不足之处
忧愁来弥补

但是　你的努力
不会等于加速度
蓝竹的颜色
本是忧郁的性格
夕阳涛不成浪花
几朵远的花朵
那是赤子的游心
又到相爱的时候
望着她如你
一百次的凝视
一百次的稔熟
全化成一个
失落的影子

你的月亮和星光

是天生而就

我们呢

你亮它便会亮的

凭挑夜灯

去理解正确是非

只有你的忧伤和孤独

能融合于我的夜色

风的翅膀

得不到谅解

而且　夜来的时候

月暗了

星星也隐遁了

天上留下一片空白

心中留下一条裂缝

阳光被掩

我们彼此相逢时

还能谈些什么呢

分别后的话语

还是相遇的初时

那些全都如花

开放忧伤和苦欢

半是你的

半是我的

高度便是痛苦

而那种真正的痛苦

便如高度

谁也无法真正得到

追求到的

便是半山上

一朵很小的小草

她没有花

让我们彼此

从自己的感觉出发吧

北方和南方的

都被省略

而从此天涯

从此相识

生命正在努力地做到

第二次痴诚

却全然风化

我还能说什么

残存的爱

真的　再也不能挽留了吗

这岁月的余温

还在一支火柴上没有燃尽

当你在点燃的时候

他也会烧起

熊熊烈火

但不知那是痛苦后的

甜蜜或者忧伤

你使我想起

一个角落的往事

幸福的欢悦

空白了一片

第一次感觉你

依在时

我的心中之树

很快在冬日里

生长出了很多的嫩芽

烘着月的颜色

像一束菊花

开出秋的遗恨

也许　我们明白以后

才会明白分手

是一种绝对的遗憾

你的爱

如一阵秋天里的风

恬静地吹在草地

孤独之日

又让我体验出

一种冷的滋味

经风经冬

是很难受的

假如你是一个虔诚者

也许　黄色本是忧郁

虽我经过你

认识了春天并且爱上了

但是　从今以后

灵感如同你洗过

一首首都是因你而来

一篇篇都是因你而来

诗中　笔里　纸上

全部写满你的名字

和那遥远的往昔

现在　我只能回忆如梦

不可期待

属于牵挂的理由

也少了几条

减了几分

九月你会看到

空白的画布上

红枫正红

纹纹经络

胀痛记忆的苦难

看太阳退潮了

黄昏如故

滴落出一滴红泪

染了千山

哭了万水

我的爱

被痛苦吻过

收起从前与你

对视的目光

四双变成一对

半分化成痛苦

心中隐然苦涩的忧愁

与你对视

何尝幸福

与你对视

何尝痛苦

目光看不了多远

便被你的微笑拦住

而今呢　看了几厘

前面却是一座空山

只是眼中倒有一点

从前的你

倒置在眼角

伤痕也是一种回忆

只看你是怎么想他

也许　多年以后

你再拿起看看

里面有以前恋的影子

你会笑的

那时……

从前……

别无声色

抬手起来

关于自己的时候

古渡口的小船

在阳光的热情下

淌着满身的泪

呵　泪人儿

容我也哭诉吧

啊　不

让我幽静地想一下

应该做些什么

一切显得

是事先安排好了的

我为了秋天而哭

苍苍天穹

而挥手的一瞬啊

醉了碎了

倒在水中的身体

捞起来不知是水是泪

记忆已经

湿得一无所用

如此的深雪

你真的

别我而去吗

望着雪地里

孤独的一串脚印

可是　你还记得吗

那个圆月的晚上

同样我们也在踏雪

只是那时踏雪的声音

如一股泉中的乐律

快乐而无忧的

那个忧郁的湖泊

留下了多少甜甜的笑声

哦　你真的吗

忘了一切

而当你走出我的视线

我看不清你

前方模糊了

为雪而凝为泪而蒙

哦　我该告诉你

我不是预言者

当你给我说最后一句话的时候

我已在冬天里陷下去了

只存在一个念头

我们还能相聚吗

忘却之畔

有无数的比夕阳还黄的思念

有一定的变痴的心愿

呵 我徜徉于忘却之畔

却更使我忆起你的往事

我会永远地感谢那个秋天

在一条很窄的小路上

我们相识了相识在一个温暖的小屋

微笑因此诞生

潇洒地散在屋中的角落

其实我那时是第一次学会爱的

九月在你的目光中在我的记忆里

那时的梦不单单呈现颜色

并且在你的川畔还在跳动

不安的心啊不安的灵魂

每次涛声每次波浪

都表现我的心的秘密

忘却之畔其实就是记忆之畔

为了记忆更深你才想忘却

为了回忆从前你才做着现在

梦的征途就是记忆

梦的终点却不是结束

枯萎的花朵

不知你是不是
一切春梦中
开出的一枝花
然而　你的倩影
被我速写下来
你还记得我吗
在一个秋的风中
用心描你的
那个男孩子

秋日　我总喜欢
一人独行很远
地上的落叶
和天上的花朵
一样遥远的枯萎
岁月采集的时候
不分春夏秋冬
两季里什么都没有
把我也当作一枝花
收为标本

告诉我吧

这命运的日头

晒你一遍遍

天就要冷了

花的雏样还没形成

等到明天

你啊　能不凋零么

我点数几瓣

心思已失为泥

我不知你是不是

《红楼梦》 中

黛玉　所葬之花

那种逝去凄冷之样

消沉了冬日

消沉了数年的聚往

花落为泥　或芳香

心思已失　或惆怅

枯萎的花儿

拾起来洗洗

不知能否如从前一样

久 盼

心中　那段时光
依旧
在村的码头
等待你的信鸽
谁不曾看到
呼唤的心律
久盼的
起伏瞭望的凝眸
期望在等待中
肩彻下沉重的久盼

就那么长久的伫立啊
心一如永恒
我憎恶这时的时间
不如平时吗
你却为何这长

期待已久　形成河流
流也流不尽
久盼的影子

附录：杨丰泽
（杨洋）作品

心　事

小孩子　拿起
当气球吹

稍大些时
心事　　如一颗石子
在青春的脚下
抛来踢去

到青年
心事成了
一簿日记

山　韵

叹　　霜结满天

见　　一梦银河

涨落了羽的禅意

向云倾听

仙归的桃花

潇洒了畔边

千万缕顾盼的企望

在山中收敛

纷纷暮雪

贯穿着连绵的山韵

款款而来的韵律

换尽了人间

月色变寅

只有山韵依旧

守着遍地花朵

牧　歌

蓦然回首
牧歌也随我们变成了大人

儿时的牧歌
是骑在牛背上
颤颤的笛音
童年赤脚的田坎

而今　牧歌
成了谁也读不懂的心思

童 话

很小的时候

在葡萄藤下

偷听牛郎织女

鹊桥低吟的诉说

洁白的相思

那时候不明白

爱情为什么

直到如今

我才知道

爱情的河水

有潮落潮涨

有甘甜苦涩

有聚聚散散

更有谜一样的无题

会的　会有

七夕架桥的鹊鸣

让最后的一只

很小的喜鹊

也飞天而去

在星河与星河之间

架起一道

情人桥

那时　在我很小的时候

我心中一个愿望

奶奶给我

讲下的一个童话

也 许

流露于微凉的小屋

在沉默中呼唤你的名字

或许　匆忙的梦

在每一个雨雪的傍晚

一夜来临

迎风凉从凝视

在青春的路上

芳香固然

侵袭着流动的泉水

也许　我们也会

作水状呵

从每日每夜中

流去

鲜衣怒马少年时，不负韶华行且知

夜里，站在学院的跑道上，星空异常的宽阔和温柔。南区红墙外的万家灯火，总是让我心生向往，多少次在这走来走去，任凭晚风清爽地吹拂，吹得心绪纷乱。每当看到这种情景，我就会想起以前走过的路、经历过的事，各种思绪就会像泉水般涌来。

最近举办的歌咏比赛刚刚结束，我单位取得了第二名的成绩，在合唱中最亮眼的是开场时一名学生和老师的朗诵，上场、立定、转体、抬头、朗诵过程整齐划一、行云流水，得到了上级领导的一致好评。看到这一幕，我不禁感叹，一个刚来学院还不到一年的老师，怎么会有这么好的队列意识。前不久，我就结识了这位老师，一见面就有种相见恨晚之感，在随后的交流过程中，我们聊得比较投机，每次交谈过后，我的思想就有了一次升华。比赛结束后，我去她办公室和她进行了交流，我问她："这次比赛为什么你能表现得这么好，每一个动作、每一个细节怎么能处理这么好？"她有一点哽咽，然后说道："就是很多次训练呀。"轻描淡写的一句话没有让我产生太大的感触，随后她的一名学生说道："你们只看到了老师收获的掌声和赞赏，却没有看到背后的辛苦付出。在老师接到比赛通知后，就开始每天下午花两个小时的时间进行训练，这一训练就是一个月。我和另一名学生帮助她训练，十月的成都，天气开始寒冷，老师在室外进行队列训练和发音训练，我时常觉得老师辛苦，让老师休息一会，可老师不肯，要一直训练。"听到这里，我逐渐明白，随后问道："老师，这个朗诵保证自己不出错完整地读下来就可以了，你为什么要花这么多时间去训练呢。"老师说道："我觉得交给我的一件事情，事情或大或小，我都想把这件事情认真做好，这是我上大学时养成的习惯，也是我做事的态度。"听到这里我已经顿悟，随后老师讲述了她以前经历的事情，有连续三个月每天工作到凌晨，一人打车回家，从头到脚浑身疲惫地坐在车上，时而还会流下泪水的场景；有为了学习专业知识，时常看书看到深夜，并且撰写读书笔记，读书笔记本垒起来有一米多高的情景……不知说了多久，我们之间的交谈一发不可收拾，不知不觉中我已经泪目了。听到老师口中的话，我想到自己在学院中经历的事，产生了强烈的共鸣。是的，我们看到的是别人现在收到的鲜花和掌声，却没看到别人背后的辛勤付出和心酸。

寂静的夜，难以入睡，走到床边抬头仰望星空，回想下午老师口中的话，我的心又被那种感触所浸湿。舞台上的人，成功地取得了让人望尘莫及和羡慕的荣耀，只是因为那背后经历的一次次困难、经历的一次次艰辛，他们可以承担得起那种厚重的魅力。辛勤工作的身影，身上洋溢的才华，他们的一切经得起岁月的推敲。人的一生，可谓春夏秋冬四季。无论是还略带微寒的春天还是烈日炎炎的夏天，都应该是努力播种和呵护幼苗的时候，你看到的是别人收获满满的果实，却不知他们经历的寒冷和烈日的暴晒。

在经历了风吹雨打之后，我们的身上也许会伤痕累累，但是结出的都是结实的伤疤，当雨后的第一缕阳光照在你的脸庞时，你会欣喜若狂，并不是因为阳光的温暖，而是在苦了心志，劳了筋骨，饿了体肤之后，你会看到一个在路上大步流星上进的自己！虽然不是每次的努力都会有收获，但是每一次的收获必定要努力。没有人的青春是在红地毯上走过的，既然梦想成为那个别人无法企及的自己，就应该选择一条自己坚定的路，付出别人无法企及的努力，矢志不渝地达到最后的终点。

人活在这个世界上，我想总应该留下点什么。我不希望自己在毕业后回想时，因为自己军校四年平平庸庸而悔恨。以岁为马，奋蹄扬鞭，唯有奋斗才能让自己的人生少些遗憾、少些悲凉、少些无奈，至少可以做到问心无愧！

不知不觉中，天逐渐地亮了，原来自己昨天晚上在被窝里做了一个刻骨铭心的梦，看了看手表，时间六点二十分，该出早操了，这次早操我的眼神仿佛充满了光，意志更加坚定！

只要在路上，就没有到不了的远方！